いじめ

―勇気の翼―

武内昌美／著
五十嵐かおる／原案・イラスト

★小学館ジュニア文庫★

主《おも》な登場人物《とうじょうじんぶつ》

凛花《りんか》

凛花《りんか》の母《はは》

亜依《あい》

ゴボウと呼《よ》ばれる少女《しょうじょ》

プロローグ

雨《あめ》が降《ふ》っていた。

雨粒《あまつぶ》が見《み》えないほどの細《こま》かい雨《あめ》が、葬儀場《そうぎじょう》に列《れつ》を作《つく》る生徒達《せいとたち》の紺色《こんいろ》のブレザーに小《ちい》さな水玉《みずたま》を結《むす》んでいく。

数十人《すうじゅうにん》の人《ひと》が並《なら》んでいるというのに、聞《き》こえるのは敷《し》き詰《つ》められた玉砂利《たまじゃり》を踏《ふ》む音《おと》だけだ。雨《あめ》に煙《けむ》る木々《きぎ》は水墨画《すいぼくが》のように灰色《はいいろ》で、動《うご》かない空気《くうき》は冷《つめ》たく重《おも》い。それはまるで、そこにいる人々《ひとびと》の心《こころ》の中《なか》だ。皆息《みないき》をするのもはばかるように、俯《うつむ》いた顔《かお》を上《あ》げることなく、暗《くら》い瞳《ひとみ》で足元《あしもと》を見《み》つめている。

霧《きり》のような雨《あめ》の隙間《すきま》を縫《ぬ》うように、読経《どきょう》が聞《き》こえてきた。そして同時《どうじ》にその場《ば》を切《き》り裂《さ》くような鋭《するど》い声《こえ》が響《ひび》いた。

「何《なに》しに、来《き》たの!?」

声《こえ》の激《はげ》しさに顔《かお》を上《あ》げると、白《しろ》い花《はな》で埋《う》め尽《つ》くされた祭壇《さいだん》の前《まえ》の親族《しんぞく》の席《せき》で、立《た》ちあがった喪服姿《もふくすがた》の女性《じょせい》がいた。彼《かれ》らの足元《あしもと》には、一人《ひとり》の少女《しょうじょ》がしりもちをついたような姿勢《しせい》で床《ゆか》に倒《たお》れ込《こ》んでいる。怯《おび》えた目《め》で見上《みあ》げる少女《しょうじょ》に、女性《じょせい》は怒鳴《どな》りつけた。

「あんたでしょ？　あんたが、里奈子《りなこ》を殺《ころ》したんでしょ!?」

「やめなさい、ママ」

「あんたの名前《なまえ》、遺書《いしょ》の一番上《いちばんうえ》に書《か》いてあった！　里奈子《りなこ》を無視《むし》して仲間外《なかまはず》れにして、暴力振《ぼうりょくふ》るって、お金巻《かねま》き上《あ》げて！　学校《がっこう》が地獄《じごく》だって！　こんなとこで、もう生《い》きていられないって！」

女性《じょせい》の目《め》から、涙《なみだ》が後《あと》から後《あと》から溢《あふ》れてくる。まるで深《ふか》い傷《きず》からドクドクと流《なが》れ出《で》る血《ち》のように。

「里奈子《りなこ》が死《し》ぬ理由《りゆう》なんて、ないじゃない！　その子《こ》が殺《ころ》したのよ！　その子《こ》が！　ううん、その子《こ》だけじゃない！　あんた達《たち》、みんなが！」

女性《じょせい》の目《め》が、後《うし》ろに並《なら》んでいる生徒達《せいとたち》を捉《とら》えた。娘《むすめ》が死《し》んでから、ずっと泣《な》き続《つづ》けてきたのだろう。向《む》けられた目《め》は血《ち》と同《おな》じ色《いろ》をしていた。

「なんで止《と》めてくれなかったの!?　里奈子《りなこ》がいじめられてるのに、なんで!?　殴《なぐ》られてる時《とき》、泣《な》いてる時《とき》、なんで一言《ひとこと》『大丈夫《だいじょうぶ》？』って言《い》ってくれなかったの⁉　そうしたら、里《り》奈《な》子《こ》は死《し》ななくてすんだのに！　里《り》奈《な》子《こ》は一人《ひとり》で死《し》んだのよ！　苦《くる》しくて、悲《かな》しくて、辛《つら》くて、もう一人《ひとり》で死《し》ぬことしか、出来《でき》なかったのよ‼　あんた達《たち》が、見殺《みごろ》しにしたの！　里《り》奈《な》子《こ》を、あんた達《たち》が！　あんた達《たち》が、殺《ころ》した！　殺《ころ》した！」

女性《じょせい》は力《ちから》の抜《ぬ》けた体《からだ》でフラフラと祭壇《さいだん》の前《まえ》に置《お》かれている棺《ひつぎ》の方《ほう》に向《む》かった。

「……里《り》奈《な》ちゃあん……」

女性《じょせい》は棺《ひつぎ》の傍《かたわ》らに座《すわ》り込《こ》むと、抱《だ》きかかえるように寄《よ》り添《そ》った。そうして、先《さき》ほどまでの怒鳴《どな》り声《ごえ》からは想像《そうぞう》もつかない優《やさ》しい声《こえ》で呼《よ》びかけた。

「里《り》奈《な》ちゃん、起《お》きて。こんなとこに寝《ね》てないで、おうち帰《かえ》ろう。里《り》奈《な》ちゃん、ねえ、里《り》奈《な》ちゃん。……返事《へんじ》、して…………？」

起《お》きるはずがない。返事《へんじ》も、するはずがない。死《し》んでいるのだから。

「いや……いやよ…………里《り》奈《な》ちゃん、こんなのいや。なんで死《し》んじゃったの？　死《し》なないで、里《り》奈《な》ちゃん……ママを置《お》いて行《い》かないで……！　里《り》奈《な》ちゃん、ママ置《お》いて行《い》かないで！　里《り》奈《な》ちゃんがいなくなったら、ママどうやって生《い》きていけばいいの……？　いやよ、里奈《りな》ちゃん……いやよ、いやよお……里奈《りな》ちゃあん………！」

その叫《さけ》びは、女性《じょせい》の心《こころ》が壊《こわ》れた音《おと》だった。

そこにいた生徒達《せいとたち》、里奈子《りなこ》のいじめに関《かか》わった生徒達《せいとたち》は全員《ぜんいん》、一生《いっしょう》、降《お》ろすことの許《ゆる》されない罪《つみ》を、焼《や》き印《いん》と共《とも》に背負《せお》うことになる。

一

「凛花《りんか》ー、早《はや》く起《お》きなさーい！　もう七時半《しちじはん》よー」

「ああん、もう……起《お》きてる、分《わ》かってるよー！」

洗面所《せんめんじょ》から、半分《はんぶん》ヤケになって凛花《りんか》は怒鳴《どな》った。さっきから髪《かみ》に編《あ》み込《こ》みをしようとしているのだけれど、なかなかきれいに編《あ》めない。肩《かた》までのセミロングで、長《なが》さが中途半端《ちゅうとはんぱ》なのだ。洗面台《せんめんだい》に載《の》せたティーン向《む》けファッション誌《し》『ロリポップ』のヘアアレンジ特集《とくしゅう》では、中高生《ちゅうこうせい》のモデルの女《おんな》の子達《こたち》が、ヘアアレンジで可愛《かわい》さアップさせてほほ笑《え》んでいるというのに。

なかなかリビングに出《で》て来《こ》ない凛花《りんか》に業《ごう》を煮《に》やした母《はは》が、洗面所《せんめんじょ》を覗《のぞ》きに来《き》た。そして鏡《かがみ》に向《む》かって悪戦苦闘《あくせんくとう》している凛花《りんか》を見《み》て呆《あき》れたように笑《わら》った。

「また、無駄《むだ》な努力《どりょく》を」

「えー、何《なに》それ」

「言《い》ったでしょ？　こういうのはプロのヘアメイクアーティストさんがやるから、こんなにきれいに出来《でき》るの。ワックスやスプレーもふんだんに使《つか》ってね。自分《じぶん》でなんて、ムリムリ」

「ならなんでこんなの載《の》せるのよう。今日《きょう》はこのアレンジにするって昨日《きのう》みんなで決《き》めちゃったんだから」

凛花《りんか》の母《はは》は、『ロリポップ』の編集《へんしゅう》をしている。小学生《しょうがくせい》の頃《ころ》は、母《はは》の仕事《しごと》などなんとも思《おも》わず、むしろ毎日帰宅時間《まいにちきたくじかん》が不規則《ふきそく》で寂《さび》しかったので嫌《きら》っていたほどだったのだが、中学《ちゅうがく》に入《はい》ってその考《かんが》えはガラリと変《か》わった。クラスの女子《じょし》のほとんどが、『ロリポップ』を読《よ》んでいるのだ。

母《はは》が編集《へんしゅう》をしていると言《い》った途端《とたん》、いきなり凛花《りんか》はクラスの花形《はながた》に祭《まつ》り上《あ》げられてしまった。それは中学二年生《ちゅうがくにねんせい》になった今《いま》も続《つづ》いている。元々凛花《もともとりんか》は、みんなとワイワイとおしゃれを楽《たの》しんだりするタイプではなく、どちらかというと本《ほん》を読《よ》んだり音楽《おんがく》を聴《き》いたりする方《ほう》が好《す》きだ。でもクラスで浮《う》いた存在《そんざい》になるのもいやなので、みんなのイメージに合《あ》わせてキャラを作《つく》っている。

母《はは》は「そうなの？」と言《い》って、凜花《りんか》の下《お》ろした髪《かみ》を優《やさ》しい手《て》で分《わ》けていく。

「まあ、凜花《りんか》の年頃《としごろ》は、おしゃれしたり友達関係《ともだちかんけい》も大変《たいへん》だもんね。そうやって女子《じょし》の世界《せかい》を渡《わた》っていくのも、大事《だいじ》よ。でもね、凜花《りんか》」

母《はは》は鏡《かがみ》の中《なか》の凜花《りんか》の目《め》に、まっすぐ視線《しせん》を合《あ》わせた。

「お友達同士《ともだちどうし》で何《なに》かあったら、絶対《ぜったい》ママに言《い》うのよ。絶対《ぜったい》よ」

凜花《りんか》は背筋《せすじ》を伸《の》ばした。事《こと》あるごとに、母《はは》は凜花《りんか》に言《い》う。「何《なに》かあったら、ママに言《い》うのよ。絶対《ぜったい》」……母《はは》からはいろいろな言葉《ことば》をかけられる。「嘘《うそ》はついちゃダメ」「食事《しょくじ》の時《とき》は、テーブルに肘《ひじ》をつかない」「人《ひと》と一緒《いっしょ》にいる時《とき》は、携帯《けいたい》をいじらない」いろいろ、いろいろ……正直《しょうじき》うるさいと思《おも》うものが多《おお》い。

だが、この「何《なに》かあったら、ママに言《い》いなさい」だけは、母《はは》の目《め》の色《いろ》が違《ちが》うのだ。思《おも》わず姿勢《しせい》を正《ただ》さなくてはならないような、そんな真剣《しんけん》さがある。

母《はは》は凜花《りんか》のそんな様子《ようす》を見《み》て、ふと目《め》の色《いろ》を和《やわ》らげた。そして器用《きよう》な手《て》つきで二《ふた》つに分《わ》けた凜花《りんか》の髪《かみ》に編《あ》み込《こ》みをしながら、

「まあ、おしゃれでお友達《ともだち》と仲良《なかよ》く出来《でき》るなんて、素敵《すてき》じゃない。女《おんな》の子《こ》の特権《とっけん》よ。素敵《すてき》

な服《ふく》を着《き》て、可愛《かわい》い髪型《かみがた》にして……本当《ほんとう》に女《おんな》の子《こ》に生《う》まれて、幸《しあわ》せよ」

母《はは》の手《て》は魔法《まほう》のように、凜花《りんか》の髪《かみ》を可愛《かわい》らしく編《あ》み上《あ》げた。

「わあ、ありがとう！」

凜花《りんか》が頰《ほお》を輝《かがや》かせて笑顔《えがお》を見《み》せると、母《はは》はその頭《あたま》にそっと頰《ほお》を寄《よ》せて優《やさ》しく言《い》った。

「楽《たの》しいことばかりよ。凜花《りんか》の未来《みらい》は、楽《たの》しいことばかりだからね。忘《わす》れないでね」


「おはよう！」

凜花《りんか》が教室《きょうしつ》に駆《か》け込《こ》むと、ワッと声《こえ》が上《あ》がった。

「おはよう、凜花《りんか》！」

「遅《おそ》かったね、どうしたの……あ、アレンジうまくできてるじゃん」

教室《きょうしつ》の窓際《まどぎわ》、一番明《いちばんあか》るい場所《ばしょ》に、凜花《りんか》の仲良《なかよ》しグループが固《かた》まっている。亜依《あい》、優奈《ゆうな》、玖美《くみ》、杏奈《あんな》、奏楽《そら》、そしてゴボウ。みんな同《おな》じ髪型《かみがた》だ。

「ねえねえ、今月号《こんげつごう》の『ロリポップ』見《み》た？」

亜依《あい》が机《つくえ》の上《うえ》に最新号《さいしんごう》を広《ひろ》げた。

ウキウキした亜依《あい》の声《こえ》に、グループではない他《ほか》の生徒達《せいとたち》も「何《なに》、何《なに》？」と寄《よ》って来《き》た。

そして紙面《しめん》を見《み》て、驚《おどろ》きの声《こえ》を上《あ》げた。

「うそ、これ、亜依《あい》!?」

「マジ、モデルになったの!? すごーい!!」

「てか、読《どく》モだけどね」

〈教《おし》えて！ JC《ジェーシー》のドキドキファーストデート服《ふく》！〉と書《か》かれたページには、自分《じぶん》の勝負《しょうぶ》服《ふく》を着《き》た沢山《たくさん》の読者《どくしゃ》の少女達《しょうじょたち》が思《おも》い思《おも》いのポージングで決《き》めている。その中《なか》でも、一番目《いちばんめ》立《だ》つ場所《ばしょ》に大《おお》きく、全身白《ぜんしんしろ》でコーディネートした亜依《あい》が載《の》っていた。

ただ、これには裏《うら》がある。本来《ほんらい》であれば、読者《どくしゃ》モデルは応募《おうぼ》してきた読者《どくしゃ》から選《えら》ぶのだが、亜依《あい》に関《かん》しては「読者《どくしゃ》モデル、やりたい」というのを凛花《りんか》が母《はは》に頼《たの》み込《こ》んだのだ。さらに凛花《りんか》が、「できれば、亜依《あい》を大《おお》きめに載《の》せて欲《ほ》しい」と、母《はは》に頼《たの》んだのだ。

そうしたら、結果的《けっかてき》に亜依《あい》のためのコーナーのようになった。もちろん亜依《あい》の実際《じっさい》の可愛《かわい》さもあるだろうが、思《おも》った以上《いじょう》の扱《あつか》いに亜依《あい》は大喜《おおよろこ》び、凛花《りんか》も一安心《ひとあんしん》だ。亜依《あい》のご機《き》嫌《げん》を損《そこ》ねることは絶対《ぜったい》できない。

亜依《あい》は、このクラスに君臨《くんりん》する女王《じょおう》だから。

このクラスの女子《じょし》は、三《みっ》つのグループに分《わ》かれている。

一番地味《いちばんじみ》なのが、体格的《たいかくてき》に悪目立《わるめだ》ちしているような子《こ》。そういう子《こ》は、運動会《うんどうかい》などでクラスのお荷物《にもつ》になることが多《おお》かった。それと肩《かた》にフケが落《お》ちていたり、首回《くびまわ》りや袖口《そでぐち》が黒《くろ》ずんでいるシャツを着《き》ているような、清潔感《せいけつかん》がない子《こ》。彼女達《かのじょたち》はみんな、いつでも、何《なに》かの陰《かげ》に隠《かく》れるように、ひっそりと息《いき》をひそめながら教室《きょうしつ》で過《す》ごしている。亜依《あい》が言《い》うには、「生《い》きてる価値《かち》のない人間《にんげん》」だ。

一番多《いちばんおお》いのが、フツーと言《い》われる子《こ》。成績《せいせき》も普通《ふつう》、運動神経《うんどうしんけい》も普通《ふつう》。見《み》た目《め》も普通《ふつう》なので制服《せいふく》の着《き》こなしも学校指定《がっこうしてい》を守《まも》った、野暮《やぼ》ったいものだ。本当《ほんとう》はダサくてイヤなのだけど、それを変《か》える勇気《ゆうき》はない。変《か》えられる自信《じしん》がないと言《い》ってもいい。つまらない日常《にちじょう》で、手《て》の届《とど》く範囲《はんい》だけの楽《たの》しみで満足《まんぞく》する人間《にんげん》……と、亜依《あい》は言《い》い捨《す》てる。

そしてクラスに君臨《くんりん》するのが、亜依達《あいたち》だ。華《はな》やかでおしゃれ、成績《せいせき》はそこそこだが、明《あか》るくていつもリーダーシップをとっているので、服装面《ふくそうめん》では眉《まゆ》をひそめる教師達《きょうしたち》の間《あいだ》でも、信頼《しんらい》を得《え》て評価《ひょうか》が高《たか》いのだ。最高位《さいこうい》のグループの亜依達《あいたち》は別世界《べっせかい》の人間《にんげん》だ。

本当《ほんとう》なら、凛花《りんか》はどちらかというと真《ま》ん中《なか》のグループに入《はい》る部類《ぶるい》なのだが、亜依達《あいたち》と一緒《いっしょ》にいるのは……。

「はい、これ。撮影《さつえい》で使《つか》い終《お》わった新作《しんさく》リップ」

「わあ、サンキュ！」

嬉《うれ》しい声《こえ》を上《あ》げ、亜依達《あいたち》は凛花《りんか》から花《はな》のチャームの付《つ》いたリップクリームを受《う》け取《と》り、早速《さっそく》つけ始《はじ》めた。

「どう？」

「可愛《かわい》い、その色《いろ》！」

きゃあきゃあと上《あ》がる喜《よろこ》びの声《こえ》を聞《き》きながら、凛花《りんか》はニコニコと笑《え》みを浮《う》かべた。

「これ、来月発売《らいげつはつばい》なんだって」

「マジ？　やった！　凛花《りんか》が友達《ともだち》で、ホントにあたし達《たち》ラッキーだわー！」

亜依《あい》が凛花《りんか》にハグしてくる。ふわりとリンスの香《かお》りがし、その柑橘系《かんきつけい》の香《かお》りに、凛花《りんか》は少《すこ》し頭《あたま》の奥《おく》がくらっと揺《ゆ》らぐ感《かん》じを覚《おぼ》えた。

凛花《りんか》がこのグループで認《みと》められているのは、『ロリポップ』の編集者《へんしゅうしゃ》である母《はは》の娘《むすめ》という肩書《かたがき》のおかげだ。全国《ぜんこく》のおしゃれ女子中学生《じょしちゅうがくせい》の夢《ゆめ》とあこがれが詰《つ》まった『ロリポップ』。いうなれば雲《くも》の上《うえ》の存在《そんざい》……それを作《つく》っている人《ひと》を母《はは》に持《も》つことで、凛花《りんか》までみんなの中《なか》での立場《たちば》が高《たか》くなってしまったのだ。時々《ときどき》ふっと本来《ほんらい》の自分《じぶん》との距離《きょり》による居心地《いごこち》の悪《わる》さに、体《からだ》の奥《おく》が粟立《あわだ》つ感《かん》じがする。ちょうど今《いま》、亜依《あい》がハグしてきた時《とき》のように。

「あー、あたし、これからこのリップ使《つか》お」

そう言《い》うと、亜依《あい》はポーチに入《はい》っていた古《ふる》いリップクリームを、凛花《りんか》があげた新《あたら》しいものと入《い》れ替《か》えた。そして古《ふる》い方《ほう》をポン、と床《ゆか》に放《ほう》ると、

「あげる」

一言《ひとこと》、言《い》った。誰《だれ》に、とも言《い》わなかった。まるで捨《す》てたような仕草《しぐさ》だった。しかし、まるで亜依《あい》がそうすることを待《ま》っていたかのように、浅黒《あさぐろ》く細《ほそ》い手《て》が、亜依《あい》の床《ゆか》に放《ほう》ったリップクリームを拾《ひろ》いあげた。

「ありがと、亜依《あい》！」

嬉《うれ》しそうに、その浅黒《あさぐろ》い顔《かお》に笑顔《えがお》を作《つく》った。あれ、と凛花《りんか》は思《おも》った。グループの人数分《にんずうぶん》、リップクリームは持《も》ってきたはずなのだ。亜依《あい》を見《み》ると、凛花《りんか》が持《も》ってきたリップクリー

ムを二本《にほん》ポーチにしまっている。

「これ、予備《よび》に貰《もら》っとく。ゴボウにはあたしのお古《ふる》をあげとくから」

平然《へいぜん》と言《い》う亜依《あい》の言葉《ことば》に、凛花《りんか》は、ああ、と切《せつ》ない気持《きも》ちになった。しかし「ゴボウ」と呼《よ》ばれた少女《しょうじょ》は、

「ホント、ありがとね。亜依《あい》から貰《もら》ったリップなんて、もったいなくて使《つか》えないよ～」

リップクリームを大事《だいじ》そうにてのひらで包《つつ》み、言《い》った。


ゴボウ、というのは、当然《とうぜん》ニックネームだ。本名《ほんみょう》は、知《し》らない。中二《ちゅうに》になった最初《さいしょ》の自《じ》己紹介《こしょうかい》で彼女《かのじょ》の番《ばん》になった時《とき》、彼女《かのじょ》が口《くち》を開《ひら》く前《まえ》に、亜依《あい》が言《い》ったのだ。

「この子《こ》、ゴボウだから」

その言葉《ことば》に、クラスが爆笑《ばくしょう》に包《つつ》まれた。先生《せんせい》までも、笑《わら》った。

春《はる》という季節《きせつ》にかかわらず浅黒《あさぐろ》く、ヒョロリと細《ほそ》い体《からだ》つきは、全《すべ》ての人《ひと》に想像《そうぞう》させたのだ。掘《ほ》りたての、泥《どろ》付きゴボウを。まさしくピッタリのニックネームに、彼女《かのじょ》が口《くち》にした本名《ほんみょう》は全《まった》くクラスのみんなの印象《いんしょう》に残《のこ》らなかった。みんなに笑《わら》われた彼女《かのじょ》は、笑《わら》われたの

を嬉《うれ》しそうに、自分《じぶん》もケラケラと声《こえ》を上《あ》げて笑《わら》っていた。

ゴボウは、いつでも笑《わら》っている。


始業《しぎょう》のチャイムが鳴《な》った。

廊下《ろうか》で遊《あそ》んでいた男子達《だんしたち》は教室《きょうしつ》に入《はい》り、亜依《あい》の載《の》った『ロリポップ』を囲《かこ》んでいた女子《じょし》達《たち》はそれぞれの席《せき》に向《む》かう。間《ま》もなくショートホームルームのために、担任《たんにん》の後藤《ごとう》が来《く》るのだ。後藤《ごとう》は教室《きょうしつ》に到着《とうちゃく》した時《とき》に生徒《せいと》が席《せき》に着《つ》いていないと怒《おこ》る。生徒《せいと》からすると、面倒《めんどう》くさい教師《きょうし》の一人《ひとり》だった。

ガタガタと生徒達《せいとたち》が椅子《いす》に座《すわ》る音《おと》が鳴《な》るなか、亜依《あい》の声《こえ》が響《ひび》いた。

「ねえゴボウ、ここに来《き》て、アレやって」

一番後《いちばんうし》ろに座《すわ》る亜依《あい》が、自分《じぶん》の横《よこ》を指《ゆび》さした。ゴボウは一番前《いちばんまえ》の自分《じぶん》の席《せき》に着《つ》こうとしているところだ。いつものように笑《わら》っているが、ゴボウの目《め》は困《こま》り果《は》てている。

「今《いま》？　でも……」

「何《なに》？　早《はや》くやってよー。みんなも見《み》たいよね、アレ！」

いかにも楽《たの》しみな感《かん》じに、亜依《あい》は手拍子《てびょうし》を打《う》ち始《はじ》めた。

「やってよ、アレ！　やーれ、やーれ、やーれ！　ほら、みんなも！」

手拍子《てびょうし》に合《あ》わせて掛《か》け声《ごえ》を、クラスのみんなにも求《もと》める。亜依《あい》に言《い》われ、クラスのみんなも同《おな》じように手《て》を叩《たた》き、「やーれ、やーれ」と声《こえ》をかけ始《はじ》めた。凛花《りんか》もだ。

本当《ほんとう》のところは、気《き》が重《おも》い。でも、みんながやってるなか、自分《じぶん》だけやらないわけにはいかない。

それに、手拍子《てびょうし》と共《とも》に「やれ」と言《い》われているゴボウも、笑《わら》っているのだ。

「そ、そう？　じゃあ」

笑《わら》いながら亜依《あい》の方《ほう》に向《む》かい、ゴボウはガクンと顎《あご》を下《さ》げ、奇妙《きみょう》な猫背《ねこぜ》を作《つく》って甲高《かんだか》い声《こえ》で「あなた方《がた》！」と叫《さけ》んだ。「何《なに》をやってるんですか!?　もうチャイム鳴《な》りましたよ!!」

まるでカラスを思《おも》わせるような姿勢《しせい》と悲鳴《ひめい》じみたヒステリックな物言《ものい》いに、クラス中《じゅう》が大笑《おおわら》いする。それは大《おお》げさにデフォルメされた後藤《ごとう》の物《もの》まねだった。

自分《じぶん》の物《もの》まねでクラス中《じゅう》がそして何《なに》より亜依《あい》が笑《わら》い転《ころ》げていることに、ゴボウは嬉《うれ》しそうに頬《ほお》を赤《あか》らめた。しかしその時《とき》、

「あなた！　何《なに》をやっているんですか⁉」

教室《きょうしつ》の入《い》り口《ぐち》から、甲高《かんだか》い声《こえ》が響《ひび》いた。クラス中《じゅう》が振《ふ》り返《かえ》ると、後藤本人《ごとうほんにん》が仁王立《におうだ》ちで立《た》っていた。後藤《ごとう》の方《ほう》は怒《いか》りのため真《ま》っ赤《か》な顔《かお》をしている。

教室中《きょうしつじゅう》に緊張《きんちょう》が走《はし》り、みなガタガタと前《まえ》に向《む》き直《なお》る。ゴボウも慌《あわ》てて自分《じぶん》の席《せき》に戻《もど》ろうとするが、それを後藤《ごとう》は持《も》っていた出席簿《しゅっせきぼ》で制《せい》した。

「あなたの今《いま》の行為《こうい》、三年生《さんねんせい》に進級《しんきゅう》する時《とき》、報告《ほうこく》しますから。内申点《ないしんてん》、覚悟《かくご》なさい」

怒《いか》りに震《ふる》える声《こえ》で言《い》うと、後藤《ごとう》は体《からだ》をひるがえして力任《ちからまか》せに引《ひ》き戸《ど》を開《あ》け、教室《きょうしつ》を出《で》ていった。それを見《み》るゴボウの顔《かお》が、さっきまでの紅潮《こうちょう》からは考《かんが》えられないほど、青《あお》ざめている。

それはそうだ。内申点《ないしんてん》が関《かか》わるとなると、高校進学《こうこうしんがく》に影響《えいきょう》が出《で》るのだ。青《あお》い頬《ほお》が、微《かす》かに引《ひ》きつる。

「さっきのヤバかったよねー。でもチョー笑《わら》える〜!!」と亜依《あい》が言《い》った。しかし凜花《りんか》は思《おも》った。

あの時《とき》……先生《せんせい》が怒《おこ》った時《とき》、言《い》うべきだったんじゃないかな。

ゴボウは、やらされただけなんです。

席《せき》に着《つ》こうとしたゴボウに後藤先生《ごとうせんせい》の物《もの》まねをやれって言《い》ったのは、亜依《あい》なんです。

本当《ほんとう》は、言《い》わなくてはいけなかったんじゃないか。

胸《むね》がジクジクと痛《いた》む。

でも、そんなこと、言《い》える……？

凛花《りんか》は周《まわ》りを見渡《みわた》す。みんなもう何《なに》も感《かん》じていないように、数学《すうがく》の教科書《きょうかしょ》やノートを準備《じゅんび》している。いつもの横顔《よこがお》、いつもの空気《くうき》で。

みんなも、何《なに》も言《い》わなかった。

言《い》わなくても、良《よ》いことだったのかな。

そう思《おも》うと、胸《むね》のジクジクが少《すこ》しずつ治《おさ》まってくる感《かん》じがする。凛花《りんか》は大《おお》きく息《いき》を吐《は》いて、思《おも》い直《なお》した。

そうだよ。みんなも言《い》わなかったんだから、言《い》ったら余計《よけい》なことだったんだよ。

それに、ゴボウも、笑《わら》ってた。亜依《あい》に「謝《あやま》りに行《い》きな」と言《い》われた時《とき》。教室《きょうしつ》を、出《で》ていく時《とき》。

笑《わら》ってた。

だから、いいんだよ。


「え」

凛花《りんか》の話《はなし》を聞《き》き、アスパラガスを洗《あら》っていた母《はは》が流《なが》しから凛花《りんか》の方《ほう》に目《め》を上《あ》げた。

今日《きょう》は『ロリポップ』の校了後《こうりょうご》ということで、珍《めずら》しく母《はは》が早《はや》く帰《かえ》り、一緒《いっしょ》に夕食《ゆうしょく》の準備《じゅんび》をしているのだ。

「ゴボウちゃんて、その後《あと》どうなったの？」

「うん。先生《せんせい》に怒《おこ》られて、反省文二十枚宿題《はんせいぶんにじゅうまいしゅくだい》出《で》ちゃったよって、笑《わら》ってた」

「笑《わら》ってた……」

凛花《りんか》の言葉《ことば》を繰《く》り返《かえ》す母《はは》は、遠《とお》い目《め》をしている。アスパラガスを洗《あら》っていた手《て》も止《と》まり、水《みず》がザアザアと濡《ぬ》らしていく。

「ママ？」

「ゴボウちゃんは、どんな気持《きも》ちだったと思《おも》う？」

どうしたのかな、と思《おも》い凛花《りんか》が声《こえ》をかけると、それに母《はは》の言葉《ことば》がかぶさった。

「そんなふうに、笑《わら》いものにされて、先生《せんせい》に怒《おこ》られて、それでも笑《わら》ってるなんて」

「えー……うーん。どう思《おも》ってんだろ……ゴボウって、そういうキャラだから」

「キャラ?」

「いじられキャラなんだよね、だから、満足《まんぞく》してるんじゃないのかな」

凛花《りんか》が言《い》うと、母《はは》は険《けわ》しく眉《まゆ》をひそめ、出《だ》しっぱなしになっていた水《みず》を止《と》めた。

「……いじられキャラ、って、便利《べんり》な言葉《ことば》ね」

「え?」

「凛花《りんか》。ゴボウちゃんがされてること、いじめよ」

低《ひく》く言《い》って、母《はは》は凛花《りんか》を見《み》つめた。滅多《めった》に見《み》ない母《はは》の厳《きび》しい眼差《まなざ》し。でもそれ以上《いじょう》に、凛花《りんか》は母《はは》の言葉《ことば》にハッと胸《むね》を突《つ》かれた。

「えっ……」

「ダメよ。いじめは、絶対《ぜったい》ダメ」

「でも、あたしはしてないよ! ゴボウにいろいろするのは、亜依《あい》だし……」

「見《み》てるだけも、一緒《いっしょ》よ」

母《はは》の声《こえ》は、一層厳《いっそうきび》しくなった。

「いじめを見《み》たら、絶対止《ぜったいと》めなくてはダメ。絶対《ぜったい》」

凛花《りんか》を見据《みす》える母《はは》の瞳《ひとみ》は、揺《ゆ》るがない強《つよ》い色《いろ》を帯《お》びている。いつも優《やさ》しい母《はは》、おっとりと柔《やわ》らかい母《はは》が、初《はじ》めて見《み》せる厳《きび》しい顔《かお》。

「ママ……?」

凛花《りんか》が戸惑《とまど》って言葉《ことば》を探《さが》していた時《とき》、「ただいまー」と玄関《げんかん》から父《ちち》の声《こえ》が聞《き》こえてきた。

「ああ、お帰《かえ》りなさい」

スイッチが切《き》り替《か》わったようにいつもの明《あか》るい声《こえ》、優《やさ》しい表情《ひょうじょう》に戻《もど》った母《はは》が、玄関《げんかん》に向《む》かう。

母《はは》がいなくなったキッチンで、凛花《りんか》はホッと息《いき》をついた。そして流《なが》しの中《なか》を見《み》て、ハッとした。流《なが》しには、折《お》れたアスパラガスがバラバラと落《お》ちていた。

「……ママ……?」

廊下《ろうか》を母《はは》と父《ちち》が笑《わら》い合《あ》いながら歩《ある》いてくるのが聞《き》こえる。さっきまでの厳《きび》しい母《はは》とは別《べつ》人《じん》のような、いつもの母《はは》。
でも、これが、この折《お》れたアスパラガスが、母《はは》の気持《きも》ちなのだ。
『いじめは、絶対《ぜったい》ダメ』
『いじめを見《み》たら、絶対《ぜったい》止《と》めなくてはダメ。絶対《ぜったい》』
絶対《ぜったい》………。

二

定期《ていき》テストを来週《らいしゅう》に控《ひか》えた教室《きょうしつ》の休《やす》み時間《じかん》は、なんとなくピリピリしている。内申点《ないしんてん》のためテスト勉強《べんきょう》を強《し》いられているせいか、不機嫌《ふきげん》な空気《くうき》が張《は》りつめているのだ。

それは凛花《りんか》の入《はい》っている亜依《あい》のグループも同《おな》じだ。

「あー、もう何《なに》これ!? 分《わ》かんない!!」

亜依《あい》がシャーペンを机《つくえ》に投《な》げつける。凛花《りんか》は慌《あわ》てて「ごめん」と謝《あやま》った。凛花《りんか》は英語《えいご》が得意《とくい》で、亜依《あい》に頼《たの》まれて教《おし》えていたところだった。凛花《りんか》は肩《かた》をすくませて、

「ごめん、あたしの教《おし》え方《かた》、下手《へた》だから……」

「いや、凛花《りんか》のせいじゃないよ。英語《えいご》が悪《わる》い、英語《えいご》が!」

平身低頭《へいしんていとう》して謝《あやま》る凛花《りんか》に、亜依《あい》が言《い》いつくろう。内心凛花《ないしんりんか》はホッとした。正直《しょうじき》、亜依《あい》は教《おし》えにくいのだ。

その時《とき》、亜依《あい》が叫《さけ》ぶように言《い》った。

「ああ！　もう、やだ！　ゴボウ！」

「え？　何《なに》なに、亜依《あい》!?」

一番前《いちばんまえ》の自分《じぶん》の席《せき》で単語帳《たんごちょう》を見《み》ていたゴボウが、亜依《あい》の声《こえ》に弾《はじ》かれたように振《ふ》り返《かえ》った。

「喉渇《のどかわ》いた！　ジュース買《か》って来《き》て！」

「え」

今《いま》は二《に》時間目《じかんめ》と三《さん》時間目《じかんめ》の間《あいだ》の十五分休《じゅうごふんやす》みだ。長《なが》い休《やす》み時間《じかん》だが、あと五分《ごふん》しか残《のこ》っていない。ゴボウはオロオロしながら、

「え、でも、今《いま》からじゃ……」

「早《はや》く買《か》いに行《い》ってよ！　あと五分《ごふん》しか休《やす》み時間《じかん》ないのよ！　飲《の》む時間《じかん》なくなっちゃうじゃない！」

「わ、分《わ》かった！　何《なに》がいいの？」

「いつものよ！　分《わ》かりきったこと聞《き》かないで、早《はや》く!!」

ゴボウは猛《もう》スピードで教室《きょうしつ》を駆《か》け出《だ》していった。その姿《すがた》を見《み》て、亜依《あい》はきれいに整《ととの》えた眉《まゆ》を寄《よ》せて舌打《したう》ちをした。

「……ったく。使《つか》えねえ……」

凛花《りんか》は亜依《あい》の汚《きたな》い言葉《ことば》にドキリとした。すると亜依《あい》は凛花《りんか》のその様子《ようす》に気付《きづ》いたのか、急《いそ》いで表情《ひょうじょう》を笑顔《えがお》に作《つく》り変《か》えた。

「あ、ごめん。続《つづ》き、教《おし》えてくれる？」

亜依《あい》の表情《ひょうじょう》に、先《さき》ほどの苛立《いらだ》ちはなくなっていた。ゴボウに感情《かんじょう》をぶつけることで、すっきりと苛立《いらだ》ちを脱《ぬ》ぎ捨《す》てられたのだろう。凛花《りんか》はその穏《おだ》やかになった可愛《かわい》らしい横顔《よこがお》に英語《えいご》の続《つづ》きを教《おし》えながら、ぼんやりと考《かんが》えた。

今《いま》のも、いじめになるのだろうか。

亜依《あい》のゴボウに対《たい》する態度《たいど》は、確《たし》かに見《み》ていて嫌《いや》な気持《きも》ちになる。

しかしゴボウは亜依《あい》がどんなことを言《い》おうと、しようと、それに対《たい》して喜《よろこ》んで応《こた》えているように見《み》える。ゴボウはいつも笑《わら》っている。笑顔《えがお》で亜依《あい》に応《こた》える。

そう、これは、いじめじゃない。


「そーれ！」

翌日《よくじつ》の五時間目《ごじかんめ》の体育《たいいく》のことだった。授業《じゅぎょう》のバレーで、ゴボウの出《だ》したトスをうまく亜依《あい》が拾《ひろ》えなかったのだ。そのせいで亜依《あい》がバランスを崩《くず》し転《ころ》んでしまったのだ。その無様《ぶざま》な姿《すがた》に、その場《ば》にいた人間《にんげん》の失笑《しっしょう》を買《か》ってしまった。

授業《じゅぎょう》が終《お》わると、ゴボウが亜依《あい》のもとに近《ちか》づいた。そして小《ちい》さい声《こえ》で謝《あやま》った。ゴボウは何《なに》も悪《わる》くないのに。

誰《だれ》も助《たす》けてくれないという以上《いじょう》に、長《なが》い付《つ》き合《あ》いのゴボウには、亜依《あい》のこういう状態《じょうたい》には早《はや》く謝《あやま》ってしまった方《ほう》がいいと思《おも》ったのだろう。

「あたし、運動音痴《うんどうおんち》だから。とっさに動《うご》けなくて、亜依《あい》に迷惑《めいわく》かけて、ごめんね」

大半《たいはん》の生徒《せいと》や教師《きょうし》は教室《きょうしつ》に引《ひ》きあげたが、亜依達《あいたち》はその場《ば》に残《のこ》り、まだくすぶる怒《いか》りをネチネチと言《い》い続《つづ》けていた。

「あんたのせいで、あたしが笑《わら》われたんだよ。マジむかつく」

「ごめん、マジでごめん」

「マジでごめんなんて、口先《くちさき》だけですむと思《おも》ってんの？　あたしはあんなに嫌《いや》な思《おも》いさせられたのに、あんたは謝《あやま》るだけでいいなんて、どういうことよ」

ゴボウがいくら謝《あやま》っても、亜依《あい》は全《まった》く聞《き》き入《い》れない。どんどんといちゃもんを重《かさ》ねていくのを聞《き》いていると、こちらの方《ほう》まで心《こころ》がモヤモヤと重《おも》くなってくる。

すると、亜依《あい》が体育館《たいいくかん》の外《そと》の手洗《てあら》い場《ば》に目《め》を向《む》けた。そこには校庭《こうてい》に水《みず》を撒《ま》くための長《なが》いホースが置《お》かれていた。

「ゴボウ、来《き》て」

亜依《あい》が手洗《てあら》い場《ば》に歩《あゆ》み寄《よ》り、ゴボウを呼《よ》んだ。

「ねえ、『いちゃいちゃ』、見《み》てる？」

『いちゃいちゃ』とは、『いっちゃえ、いっちゃえ！』という、テレビで深夜帯《しんやたい》に放映《ほうえい》されているバラエティ番組《ばんぐみ》だ。若手《わかて》の芸人《げいにん》をいたぶって笑《わら》いをとるブラック番組《ばんぐみ》だ。

凜花《りんか》は、水道《すいどう》のホースを手《て》に取《と》った亜依《あい》を見《み》て、ハッとした。

『いちゃいちゃ』の中《なか》で、あるのだ。笑《わら》いが滑《すべ》った芸人《げいにん》が、ホースで水《みず》を掛《か》けられる『地獄《じごく》の水責《みずぜ》め』というコーナー。そこでホースで水《みず》を浴《あ》びせられながらネタをやって、笑《わら》いがとれればＯＫ《オーケー》というコーナーが。

ちょっと待《ま》って、と凜花《りんか》は心《こころ》の中《なか》で思《おも》った。まだ寒《さむ》くはないが、水《みず》を掛《か》けられるというのは、あり得《え》ない季節《きせつ》だ。しかし、亜依《あい》はホースを手《て》にした。

「本当《ほんとう》に、あたしに悪《わる》かったと思《おも》ってるなら、それを見《み》せてよ」

これって、まずいんじゃない？　凜花《りんか》は周《まわ》りを見渡《みわた》すが、誰《だれ》も何《なに》も言《い》わない。凜花《りんか》の心《しん》
臓《ぞう》が痛《いた》くなるほど早《はや》く打《う》ち付《つ》ける。いいのかな、こんなの。止《と》めなくても、いいのかな。

止《と》めなきゃいけないいんじゃ、ないのかな………。

「う……うん！　お願《ねが》いします！」

ゴボウの張《は》り上《あ》げた声《こえ》に、一組女子《いちくみじょし》はハッとした。「お願《ねが》いします」というのは、『いち
やいちゃ』の水責《みずぜ》めスタートの掛《か》け声《ごえ》だ。そしてそのゴボウの声《こえ》は、不機嫌《ふきげん》に曇《くも》っていた
亜依《あい》の顔《かお》に、一条《いちじょう》の輝《かがや》きのような笑顔《えがお》を浮《う》かべさせた。

「覚悟《かくご》！」

番組同様《ばんぐみどうよう》の声《こえ》をかけると、亜依《あい》は蛇口《じゃぐち》を全開《ぜんかい》にしたホースをゴボウに向《む》けた。

「きゃあっ」

ゴボウに掛《か》かった水《みず》が、周囲《しゅうい》にいた女子達《じょしたち》にも掛《か》かる。

「やだ、冷《つめ》たーい！」

みんなは慌《あわ》ててそれをよけたが、ゴボウ一人《ひとり》、すさまじい勢《いきお》いで噴《ふ》き出《だ》される水《みず》の水圧《すいあつ》に耐《た》えるように、前《まえ》のめりで水《みず》を浴《あ》び続《つづ》けている。冷《つめ》たいだろう。あの勢《いきお》いでは、かなり痛《いた》いだろう。でもゴボウは何《なに》も言《い》わず、歯《は》を食《く》いしばって耐《た》えている。

「ゴボウ、何《なに》やってんのよ！」

ゴボウに水《みず》を浴《あ》びせ続《つづ》ける亜依《あい》の表情《ひょうじょう》は、すっかり上機嫌《じょうきげん》に戻《もど》っている。

「早《はや》く面白《おもしろ》いことやんなさいよ！　早《はや》く！　ねえ、みんな、見《み》たいよね！」

「なんかやんなよ、ゴボウ！」

楽《たの》しくてたまらない亜依《あい》の周《まわ》りに、慌《あわ》てて優奈《ゆうな》、玖美《くみ》、杏奈《あんな》、奏楽《そら》が駆《か》け寄《よ》り、面白《おもしろ》そうにはやし立《た》てる。しかし、水《みず》をよけるように遠《とお》くに来《き》たクラスの女子達《じょしたち》は、息《いき》をひそめるようにシンと見《み》ている。

これって、いいの……？　凛花《りんか》の頭《あたま》に、母《はは》の言葉《ことば》がよみがえった。

『いじめは、絶対《ぜったい》ダメ』『いじめを見《み》たら、絶対止《ぜったいと》めなくてはダメ。絶対《ぜったい》』

勢《いきお》いよく放出《ほうしゅつ》される水《みず》を浴《あ》びせられ続《つづ》けているゴボウ。凛花《りんか》の胸《むね》がドクドクと鳴《な》り続《つづ》ける。これって、いじめになるのかな……これって、これって……。

「……ぱ……ぱおー……」

考《かんが》えあぐねている凛花《りんか》の耳《みみ》に、溺《おぼ》れるようなゴボウの声《こえ》が入《はい》ってきた。

「ぱおー……ん………」

勢《いきお》いよく浴《あ》びせられている水《みず》の中《なか》で、ゴボウは二《に》の腕《うで》を鼻《はな》の辺《あた》りに付《つ》けて、それを上下《じょうげ》左右《さゆう》に振《ふ》り回《まわ》した。目《め》も開《あ》けられない状態《じょうたい》で、必死《ひっし》に「ぱおーん」と繰《く》り返《かえ》しながら、腕《うで》を振《ふ》り回《まわ》している。それを見《み》て、亜依《あい》が目《め》を輝《かがや》かせた。

「何《なに》、それ？　象《ぞう》のつもり？」

水《みず》の中《なか》、苦《くる》しそうに顔《かお》を歪《ゆが》めながらも、ゴボウは必死《ひっし》に笑顔《えがお》を作《つく》りながら頷《うなず》いた。

「……ぞ……ぞうの……みず……あ……び……」

「やっだー、何《なに》それー！　バッカみたーい！」

亜依達《あいたち》がゲラゲラと笑《わら》い出《だ》す。すると、ゴボウは今度《こんど》は気《き》を付《つ》けの姿勢《しせい》になり、ちょこちょこと小刻《こきざ》みな足踏《あしぶ》みをして、「ぺ……ぺん……ぎん……」と言《い》って笑《わら》った。

「ペンギン！　バカだ、マジバカだわー、ゴボウ！」

亜依達《あいたち》は大笑《おおわら》いだ。そしてゴボウは、今度《こんど》は地面《じめん》に寝転《ねころ》がって「アザラシ」だの「ラッコ」だのをやり出《だ》した。地面《じめん》には大《おお》きな水《みず》たまりが出来《でき》、体操服《たいそうふく》は泥《どろ》だらけだが、そんなことを構《かま》うことなく、ゴボウはやり続《つづ》ける。そしてそれを見《み》ながら、亜依達《あいたち》は笑《わら》い転《ころ》げていた。

これは、いじめになるのだろうか。凛花《りんか》にはまた分《わ》からなくなった。水責《みずぜ》めに遭《あ》わせたりするのはいいこととは思《おも》えないが、こうして見《み》ていると、仲《なか》の良《よ》いグループが楽《たの》しく遊《あそ》んでいるようにも見《み》えるのだ。これは、いじめじゃないのかな。止《と》めなくても、いいのかな………。

そういう空気《くうき》を、凛花《りんか》以外《いがい》でも感《かん》じ始《はじ》めたのか、一人《ひとり》、二人《ふたり》と、その場《ば》から立《た》ち去《さ》り始《はじ》めた。これは、いつもの仲良《なかよ》しのおふざけ。関係《かんけい》のないあたし達《たち》は、もう行《い》きましょう。そんなふうに。

そうだよ。これは、亜依達《あいたち》とゴボウ……いつもの仲間《なかま》の、お決《き》まりのお遊《あそ》び。皆《みな》が去《さ》っていくなか、凛花《りんか》は戸惑《とまど》った。自分《じぶん》は、どうしたらいいのか。自分《じぶん》もグループの一員《いちいん》なのだ。ここで一緒《いっしょ》に、ゴボウをいじらなくてはいけない。

つばを飲《の》み込《こ》もうとするが、カラカラにかわいた喉《のど》がくっついて痛《いた》い。痛《いた》い。……痛《いた》い。

どうしたら、いいの…………。

その時《とき》。

「……もう、やめたら？」

それは、ザアザアと鳴《な》り響《ひび》く水《みず》の音《おと》にかき消《け》されてしまいそうなほど、微《かす》かな声《こえ》だった。

しかし、まるで闇《やみ》の中《なか》に浮《う》かび上《あ》がるスポットライトのように、はっきりとみんなの耳《みみ》に届《とど》いた。

立《た》ち去《さ》ろうとした一組女子達《いちくみじょしたち》は思《おも》わず足《あし》を止《と》め振《ふ》り返《かえ》った。凜花《りんか》は顔《かお》を上《あ》げた。耳《みみ》を疑《うたが》った。今《いま》の声《こえ》は、なんと言《い》った？

みんなが振《ふ》り返《かえ》った視線《しせん》の先《さき》には、水《みず》の出《で》たホースを下《した》に向《む》けた亜依《あい》とそれを囲《かこ》む優奈《ゆうな》、玖美《くみ》、杏奈《あんな》、奏楽《そら》、びしょ濡《ぬ》れのゴボウ、そしてみんなから離《はな》れた場所《ばしょ》に一人《ひとり》だけ残《のこ》った、大柄《おおがら》な人影《ひとかげ》……安藤萌音《あんどうもえ》の姿《すがた》があった。

三

安藤萌音《あんどうもえ》は、女子《じょし》の出席番号一番《しゅっせきばんごういちばん》の生徒《せいと》だ。

年度《ねんど》が始《はじ》まって最初《さいしょ》の席順《せきじゅん》は、必《かなら》ず出席番号順《しゅっせきばんごうじゅん》に座《すわ》る。そこで萌音《もえ》の後《うし》ろに座《すわ》る女子《じょし》は、必《かなら》ず眉間《みけん》にしわを寄《よ》せて、迷惑《めいわく》そうにこう言《い》うのだ。

「前《まえ》、見《み》えない」

萌音《もえ》は中二《ちゅうに》の現在《げんざい》で多分《たぶん》一七〇センチ近《ちか》くあるだろう。しかも横幅《よこはば》もかなりある。「大《おお》きい」という以外《いがい》、言葉《ことば》が浮《う》かばない。入学時《にゅうがくじ》よりまた大《おお》きくなったのか、すでに制服《せいふく》はパンパンに張《は》りつめたようになっている。口《くち》の悪《わる》い男子《だんし》からは「関取《せきとり》」と呼《よ》ばれているのだが、萌音《もえ》は文句《もんく》ひとつ言《い》わない。ただ、象《ぞう》のような小《ちい》さな目《め》を、申《もう》し訳《わけ》なさそうにしょぼしょぼとさせるだけだ。

聞《き》いた話《はなし》では、小学生《しょうがくせい》の時《とき》、その破格《はかく》の体型《たいけい》から、ひどいいじめにあっていたらしい。そのせいか、中学生《ちゅうがくせい》になってからは、誰《だれ》かと一緒《いっしょ》にいるところを見《み》たことがない。いつも一人《ひとり》で、一番後《いちばんうし》ろの端《はし》の席《せき》に、静《しず》かに座《すわ》っている。少《すこ》しでも小《ちい》さく見《み》えるようにか、大《おお》きな背中《せなか》を丸《まる》めている姿《すがた》、そして滅多《めった》に話《はな》すこともなく、動《うご》くこともないことから、山《やま》を連想《れんそう》させた。大《おお》きな存在感《そんざいかん》を見事《みごと》に風景《ふうけい》へと変化《へんか》させることでその存在感《そんざいかん》を消《け》しているのだ。

そうして、中学《ちゅうがく》に入《はい》ってからはいじめの対象《たいしょう》にされることはなくなっていた。

その萌音《もえ》が、繰《く》り返《かえ》し言《い》った。

「……やめ、たら」

声《こえ》が震《ふる》えている。でも、二回目《にかいめ》ははっきりと聞《き》こえた。凜花達《りんかたち》は息《いき》を飲《の》んだ。楽《たの》しそうだった亜依《あい》の顔《かお》から、段々《だんだん》と表情《ひょうじょう》がなくなっていったからだ。

「……何《なに》、あんた？」

亜依《あい》は言《い》いながら、水道《すいどう》の栓《せん》を閉《し》めた。ホースから噴《ふ》き出《だ》していた水《みず》が止《と》まり、ホースの中《なか》にたまっていた水滴《すいてき》がポタポタと亜依《あい》の足元《あしもと》に落《お》ちる。その飛沫《しぶき》が上履《うわば》きにしみを作《つく》るが、亜依《あい》は気《き》にせず萌音《もえ》を睨《にら》み続《つづ》ける。目《め》が合《あ》った者《もの》は石《いし》になると言《い》われたメデューサはこんな目《め》をしていたのだろう、そう思《おも》わせるような、感情《かんじょう》のない冷《つめ》たい瞳《ひとみ》で。

「あんたに言《い》われなくても、もうやめようと思《おも》ってたんだけど？」

「……あ……」

二《に》の句《く》を継《つ》げず、萌音《もえ》が黙《だま》った。ニキビで赤《あか》くなった顔《かお》が、一層赤《いっそうあか》くなる。

その萌音《もえ》に、亜依《あい》は矢《や》を射《い》るように言葉《ことば》を投《な》げつける。

「このままやり続《つづ》けたら、ゴボウが風邪《かぜ》ひきそうだから。そんなことになったら、可哀《かわい》そうだからね。あたし達《たち》、友達《ともだち》だから。もうやめようと思《おも》ってたんだけど、ねえ?」

視線《しせん》をゴボウに投《な》げかけると、ゴボウはあうんの呼吸《こきゅう》で亜依《あい》の言葉《ことば》にうなずき、

「うん。遊《あそ》びなのに、何《なに》マジで止《と》めに入《はい》ってんの?」

そこまで言《い》ったゴボウが、大《おお》きなくしゃみをした。すると亜依《あい》は大《おお》げさに「わ、大丈夫《だいじょうぶ》? ゴボウ!」と、自分《じぶん》の肩《かた》にかけていたタオルでゴボウを包《つつ》み込《こ》んだ。そんな二人《ふたり》を「大丈夫《だいじょうぶ》?」「平気《へいき》?」と、優奈達《ゆうなたち》がいたわるように取《と》り囲《かこ》む。

そしてそれが、新《あたら》しいいじめのスタートを切《き》るきっかけになった。

翌日《よくじつ》、教室《きょうしつ》はいつも通《どお》り、外《そと》の日差《ひざ》し同様《どうよう》に明《あか》るいざわめきに包《つつ》まれていた。それぞれが窓辺《まどべ》や教室《きょうしつ》の後《うし》ろの方《ほう》で、楽《たの》しくおしゃべりをしている。凛花《りんか》もいつも通《どお》り、亜依達《あいたち》と

昨日《きのう》のテレビの話《はなし》をしていた。昨日《きのう》のトーク番組《ばんぐみ》に、『ロリポップ』の専属《せんぞく》モデルの子《こ》が出《で》ていたのだ。

「あの子《こ》よくテレビ出《で》るよね。編集部《へんしゅうぶ》でおされてるの？　すっごくダサいのに」

亜依《あい》はあまり好《す》きではないのか、特《とく》に「ダサい」を強調《きょうちょう》して、苦々《にがにが》しい口調《くちょう》で言《い》った。

「うーん、編集部《へんしゅうぶ》っていうか、事務所《じむしょ》がおしてるらしいよ。お父《とう》さんがタレントでしょ、だから」

「あ〜あ、二世《にせい》だからか〜」

「あんな子《こ》より、亜依《あい》の方《ほう》が可愛《かわい》いのにね」

優奈《ゆうな》が言《い》うと、玖美達《くみたち》も「ね〜」と声《こえ》を合《あ》わせる。すると亜依《あい》は心底悔《しんそこくや》しそうにため息《いき》をついた。

「あーあ、コネさえあればな〜。ねえ、凜花《りんか》のママから、あたしを専属《せんぞく》モデルになれるようにしてもらえないかな？」

えっ……。凜花《りんか》が戸惑《とまど》い言葉《ことば》を失《うしな》っていると、

「……ああ……！」

和《なご》やかな教室《きょうしつ》に合《あ》わない、泣《な》き声《ごえ》ともとれそうな声《こえ》が響《ひび》いた。ハッとみんなの視線《しせん》が声《こえ》の方《ほう》に集《あつ》まる。みんなの目《め》が集中《しゅうちゅう》したのは、教室《きょうしつ》の隅《すみ》の方《ほう》に出来《でき》た小《ちい》さな山《やま》……萌音《もえ》がうずくまった姿《すがた》だった。

「あ……あたしの、辞書《じしょ》…………」

うずくまった萌音《もえ》の前《まえ》には、バケツが置《お》かれている。震《ふる》える萌音《もえ》の太《ふと》い指《ゆび》が、その中《なか》からぐっしょりと濡《ぬ》れそぼった国語辞典《こくごじてん》を取《と》り出《だ》していた。

「……ああ…………」

「うっせーな！」

ガンッと大《おお》きな音《おと》を立《た》てて、バケツが蹴《け》り飛《と》ばされた。中《なか》に入《はい》っていた水《みず》がその勢《いきお》いで萌音《もえ》に掛《か》かる。きゃあっと声《こえ》を上《あ》げた萌音《もえ》に、笑《わら》い声《ごえ》が浴《あ》びせられた。

「きゃあ、だって！　女《おんな》の子《こ》みたいな声出《こえだ》すんじゃねーよ、気持《きも》ち悪《わる》いな！　関取《せきとり》のくせに！」

ゴボウだった。ゴボウは空《から》になったバケツを手《て》にすると、萌音《もえ》に向《む》けて投《な》げつけた。

「早《はや》く拭《ふ》けよ、雑巾濡《ぞうきんぬ》らして！　ああ、ここにあんじゃん、雑巾《ぞうきん》！」

そう言《い》うと、ゴボウは萌音《もえ》の制服《せいふく》のポケットからハンカチを取《と》り出《だ》した。その時手《ときて》にふれたものも取《と》り出《だ》した。「お！」と目《め》を輝《かがや》かすと、それを亜依達《あいたち》の方《ほう》に持《も》って走《はし》ってくる。

「見《み》て見《み》て、亜依《あい》！　関取《せきとり》のヤツ、一人前《いちにんまえ》にこんなの持《も》ってる！」

「や、やめて……！」

顔《かお》を真《ま》っ赤《か》にして萌音《もえ》が追《お》ってくるが、萌音《もえ》が取《と》り返《かえ》す前《まえ》にゴボウの手《て》にあったものを亜依《あい》が手《て》にした。そして大《おお》きな声《こえ》で笑《わら》い出《だ》した。

「何《なに》、これ⁉　コンパクトじゃん！」

亜依《あい》が高《たか》く掲《かか》げたものは、中《なか》に鏡《かがみ》とコームが入《はい》っている、きれいな花《はな》をかたどったコンパクトだった。

「あんた、これで何《なに》してんの？　そのぶっさいくな顔《かお》を、これで見《み》てるわけ？　ゼツボーしないの？　自分《じぶん》の顔見《かおみ》て！　ていうか、あんたのそのブス面映《づらうつ》して、よくこの鏡割《かがみわ》れなかったじゃん。防弾《ぼうだん》ガラスででも出来《でき》てんの？」

亜依《あい》の言葉《ことば》に、優奈達《ゆうなたち》も大爆笑《だいばくしょう》だ。他《ほか》のクラスメート達《たち》も、つられるようにクスクス笑《わら》う。凛花《りんか》もひどいことと思《おも》いながらも、心《こころ》のどこかで同調《どうちょう》しているのか、思《おも》わず笑《わら》いが込《こ》み上《あ》げた。

教室中《きょうしつじゅう》が笑《わら》いに包《つつ》まれる中《なか》、強張《こわば》った萌音《もえ》の顔《かお》は、今《いま》にも泣《な》き出《だ》しそうだ。

そんななか、予鈴《よれい》が鳴《な》った。後藤《ごとう》が来《く》る、と、クラスみんながガタガタと自分《じぶん》の席《せき》に着《つ》こうとする。生気《せいき》を失《うしな》った顔《かお》で、萌音《もえ》もノロノロと自分《じぶん》の席《せき》に向《む》かう。その足元《あしもと》を、ゴボウがひっかけた。

「痛《いた》いっ」

勢《いきお》いよく床《ゆか》に転《ころ》がる萌音《もえ》を、ゴボウがバケツから床《ゆか》に広《ひろ》がった水《みず》の方《ほう》に蹴《け》りつける。重《おも》い荷物《にもつ》が足《あし》で動《うご》かされるように、萌音《もえ》は水《みず》たまりの中《なか》に突《つ》っ込《こ》まれた。

「ちゃんと拭《ふ》けよ！」

そう言《い》うと、ゴボウは自分《じぶん》の席《せき》に走《はし》っていった。ゴボウが座《すわ》り、萌音《もえ》が体《からだ》を起《お》こした時《とき》、後藤《ごとう》が勢《いきお》いよく教室《きょうしつ》の戸《と》を開《あ》けた。入《はい》った途端《とたん》に、まだ後《うし》ろで立《た》ち尽《つ》くしている萌音《もえ》を見《み》た後藤《ごとう》は、眉《まゆ》を吊《つ》り上《あ》げた。

「あなた、何《なに》をやっているんですか⁉」

いつもの怒鳴《どな》り声《ごえ》がヒステリックに響《ひび》き渡《わた》る。おどおどと肩《かた》をすくめる萌音《もえ》の代《か》わりに、ゴボウが高《たか》らかに言《い》った。

「先生《せんせい》！　安藤《あんどう》さん、こんなもの自慢《じまん》してました！」

いつの間《ま》にか亜依《あい》から手渡《てわた》されてきた萌音《もえ》のコンパクトを高々《たかだか》と上《あ》げて見《み》せた。みんなこっそりと持《も》ってきてはいるが、元来校則《がんらいこうそく》では学業《がくぎょう》に関係《かんけい》ない物《もの》は学校《がっこう》に持《も》ってきてはいけないことになっている。後藤《ごとう》は吊《つ》り上《あ》がった眉《まゆ》をますます吊《つ》り上《あ》げ、ゴボウの手《て》からコンパクトをもぎ取《と》って、萌音《もえ》を厳《きび》しく睨《にら》みつけた。

「こんなもの持《も》ってきている生徒《せいと》に、教《おし》えることはありません！」

そう言《い》って、後藤《ごとう》は大《おお》きな音《おと》を立《た》てて出《で》ていってしまった。それを見《み》て、ゴボウが亜依《あい》を振《ふ》り向《む》く。笑顔《えがお》でサムアップしてみせた亜依《あい》に、ゴボウはV《ブイ》サインを送《おく》った。

一方《いっぽう》、後藤《ごとう》の閉《し》めた戸《と》を見《み》つめる萌音《もえ》は、真《ま》っ青《さお》になっていた。悲愴《ひそう》な顔《かお》で、ガクガクと震《ふる》えている。そんな萌音《もえ》を、ゴボウがまた蹴《け》りつけた。

「ほら、早《はや》く謝《あやま》りに行《い》けよ！　次《つぎ》の授業《じゅぎょう》が遅《おそ》くなるだろ!!」

絶望《ぜつぼう》で動《うご》けなくなった萌音《もえ》と正反対《せいはんたい》に、ゴボウは生《い》き生《い》きとしている。おそらく、萌音《もえ》のことは亜依《あい》から任《まか》されているのだろう。今《いま》まで自分《じぶん》が亜依《あい》からされてきたことを、全《すべ》て萌音《もえ》にやり返《かえ》しているように見《み》える。それが楽《たの》しくて仕方《しかた》がないように。

凛花《りんか》は、胸《むね》がチクチク痛《いた》むのを感《かん》じた。びしょ濡《ぬ》れな上《うえ》に、ゴボウに蹴《け》られたりしたせいで汚《よご》れた制服《せいふく》で、呆然《ぼうぜん》と立《た》ち尽《つ》くす萌音《もえ》の姿《すがた》は、見《み》ていられないほど痛々《いたいた》しい。痛《いた》い目《め》に遭《あ》わされて、その上《うえ》コンパクトのことでバカにされて、その悲《かな》しさ、辛《つら》さが、暗《くら》く表情《ひょうじょう》を失《うしな》った目《め》から手《て》に取《と》るように分《わ》かる。

同《おな》じことをされていたゴボウも、心《こころ》の底《そこ》ではこんな目《め》をしていたのではないのだろうか。

「早《はや》く行《い》けよ！」

楽《たの》しそうに、歌《うた》うようにゴボウが言《い》う。その声《こえ》に背中《せなか》を押《お》されるように、萌音《もえ》は大《おお》きな体《からだ》を動《うご》かした。息《いき》が荒《あら》くなっているのか、幅《はば》の広《ひろ》い背中《せなか》が激《はげ》しく上下《じょうげ》している。今《いま》にも倒《たお》れそうな体《からだ》を壁《かべ》に手《て》をついて支《ささ》えながら、萌音《もえ》は職員室《しょくいんしつ》に帰《かえ》ってしまった後藤《ごとう》を呼《よ》び戻《もど》すため教室《きょうしつ》から出《で》ていった。

それを見計《みはか》らったかのように、亜依《あい》が席《せき》を立《た》った。手《て》には、自分《じぶん》のリップクリームやブラシといった、さっき萌音《もえ》が没収《ぼっしゅう》されたようないわゆる「学業《がくぎょう》に関係《かんけい》ない物《もの》」が握《にぎ》られている。萌音《もえ》のロッカーに向《む》かった亜依《あい》は、その中《なか》に入《はい》っている萌音《もえ》のスクールバッグを開《ひら》くと、それらをねじ込《こ》んだ。

「きっと、後藤《ごとう》のヤツ持《も》ち物検査《ものけんさ》するって言《い》い出《だ》すよ。みんなもヤバい物《もの》、萌音《もえ》に持《も》っといてもらいな」

そう言《い》うと、亜依《あい》はさも面白《おもしろ》そうにニヤリと笑《わら》った。

「怒《おこ》られるのは、一人《ひとり》でいいと思《おも》わない？」

それを聞《き》いて、「それもそうだね」と、優奈《ゆうな》がポケットから鏡《かがみ》を取《と》り出《だ》して萌音《もえ》のバッグに入《い》れた。玖美《くみ》、杏奈《あんな》、奏楽《そら》、そしてゴボウもそれに続《つづ》く。

「あのダサい関取《せきとり》にこんなおしゃれグッズ、あり得《え》なくない？」

「ダサいから持《も》ってるってことでいいんじゃん？　憧《あこが》れるもんよ、ブスはきれいな物《もの》に」

そう言《い》って、五人《ごにん》は笑《わら》った。一番高《いちばんたか》らかに笑《わら》い声《ごえ》を響《ひび》かせたのは、ゴボウだ。さらに五《ご》人《にん》は、萌音《もえ》のバッグを囲《かこ》んで、楽《たの》しそうに笑《わら》いながら何《なに》か細工《さいく》をしている。

それを見《み》つめる凛花《りんか》の胸《むね》がドキドキと激《はげ》しく打《う》つ。そんなに、何《なに》もかも萌音《もえ》に押《お》し付《つ》けて、いいのかという疑問《ぎもん》と、今先生《いませんせい》が戻《もど》ってこの現場《げんば》が押《お》さえられたら亜依達《あいたち》はどうなるんだろうという、相反《あいはん》する気持《きも》ちがグチャグチャと交錯《こうさく》する。そんな凛花《りんか》に、亜依《あい》が振《ふ》り向《む》いた。

「凛花《りんか》も、早《はや》く入《い》れなよ」

ハッと凛花《りんか》は我《われ》に返《かえ》った。

「あ……あたし、何《なに》も持《も》ってきてないから……」

慌《あわ》てて首《くび》を横《よこ》に振《ふ》る。

「そう？　他《ほか》のみんなは？」

他《ほか》のクラスメート達《たち》も、小《ちい》さく首《くび》を振《ふ》るとそれぞれ自分《じぶん》の机《つくえ》に向《む》き直《なお》った。

誰《だれ》も、亜依達《あいたち》を止《と》めない。

「あたし、ちょっと様子《ようす》見《み》てくるわ」

ウキウキと廊下《ろうか》に出《で》ようとしたゴボウが、戸《と》を開《あ》けた途端《とたん》、慌《あわ》ててその戸《と》を閉《し》め、小《ちい》さい声《こえ》で叫《さけ》んだ。

「ヤバ、後藤《ごとう》戻《もど》ってきたよ！」

「マジ!?」

クスクスと押《お》し殺《ころ》した声《こえ》で笑《わら》いながら、亜依達《あいたち》は急《いそ》いで自分《じぶん》の席《せき》に戻《もど》った。

亜依達《あいたち》が座《すわ》ったと同時《どうじ》に、後藤《ごとう》が勢《いきお》いよく戸《と》を開《あ》けた。その後《うし》ろには、大《おお》きな体《からだ》をちぢこめるようにして立《た》っている萌音《もえ》の姿《すがた》があった。ニキビだらけの大《おお》きな顔《かお》が、真《ま》っ青《さお》になっていつもより一回《ひとまわ》り小《ちい》さくなったように見《み》える。後藤《ごとう》はそんな萌音《もえ》を一睨《ひとにら》みしてから、教室中《きょうしつじゅう》に響《ひび》き渡《わた》る声《こえ》で言《い》った。

「持《も》ち物検査《ものけんさ》をします！」

やっぱり、と、声《こえ》にならない声《こえ》が教室中《きょうしつじゅう》に満《み》ちた。

「安藤《あんどう》さんが学校《がっこう》に必要《ひつよう》のない物《もの》を持《も》ってきていました。中二《ちゅうに》とはいえ、あなた方《がた》もそろそろ高校受験《こうこうじゅけん》を視野《しや》に入《い》れなくてはいけない時《とき》に来《き》ているんですよ！　浮《うわ》ついた気持《きも》ちでは、勉強《べんきょう》に身《み》が入《はい》るはずがありません！　勉強《べんきょう》に必要《ひつよう》のない物《もの》は没収《ぼっしゅう》、持《も》ち主《ぬし》は生活指導《せいかつしどう》室《しつ》に行《い》くこと。いいですね」

生活指導室《せいかつしどうしつ》に行《い》くということは、かなりの重《おも》い罰《ばつ》だ。生活指導室《せいかつしどうしつ》とは、昔学校《むかしがっこう》が荒《あ》れていた頃《ころ》に出来《でき》たもので、そこに行《い》ったら最後《さいご》、学校《がっこう》で一番怖《いちばんこわ》いと評判《ひょうばん》の生活指導《せいかつしどう》の教諭《きょうゆ》から三時間《さんじかん》のお説教《せっきょう》を受《う》けた後《あと》、教諭《きょうゆ》の前《まえ》で反省文《はんせいぶん》を原稿用紙《げんこうようし》二十枚《にじゅうまい》書《か》かなくてはならなくなる。当然《とうぜん》、保護者《ほごしゃ》にも連絡《れんらく》が行《い》き、親《おや》からもこっぴどく怒《おこ》られることになる。

「はーい！」

そうはつらつと答《こた》えたのは、亜依《あい》だった。亜依《あい》は制服《せいふく》のポケットとスクールバッグに入《はい》っている物《もの》を、全部《ぜんぶ》机《つくえ》の上《うえ》に出《だ》して見《み》せた。

後藤《ごとう》がまっすぐ亜依《あい》の方《ほう》に進《すす》み、机《つくえ》の上《うえ》の物《もの》を手《て》に取《と》りながら、まるで工場《こうじょう》の品質検査《ひんしつけんさ》官《かん》が商品《しょうひん》をチェックしているかのような細《こま》かさで検査《けんさ》する。

「このポーチはなんですか？」

後藤《ごとう》の厳《きび》しい目《め》が、大《おお》きなリボンのついたポーチを見《み》とがめた。パッと見《み》はコスメポーチに見《み》える。ペンケースは他《ほか》にあるのに、もう一《ひと》つなんのためのポーチなのか。後藤《ごとう》の追《つい》及《きゅう》に、亜依《あい》は少《すこ》し緊張《きんちょう》した面持《おもも》ちで、「すいません」と言《い》ってそのポーチを開《あ》けて見《み》せた。

「これ、勉強《べんきょう》に関係《かんけい》ないかな……。付箋《ふせん》とか、マスキングテープです。教科書《きょうかしょ》の大事《だいじ》なところとかに、目印《めじるし》として貼《は》ったらすごく分《わ》かりやすいんです」

リボンのポーチに入《はい》った色《いろ》んな種類《しゅるい》の大量《たいりょう》の付箋紙《ふせんし》とマスキングテープは、本当《ほんとう》はスケジュール帳《ちょう》をデコるために使《つか》っているものだ。でも後藤《ごとう》は「教科書《きょうかしょ》に貼《は》ったら分《わ》かりやすい」という亜依《あい》の言葉《ことば》に、表情《ひょうじょう》を和《やわ》らげた。

「そうですか……ならいいでしょう。そうやって勉強《べんきょう》をする時《とき》、自分《じぶん》が分《わ》かりやすいように工夫《くふう》するのは、とても大切《たいせつ》なことです。みんなも沢木《さわき》さんを見習《みなら》うように！」

そう言《い》って後藤《ごとう》が背中《せなか》を向《む》けると、亜依《あい》は舌《した》を出《だ》して笑《わら》ってみせた。それを見《み》て、優奈《ゆうな》達《たち》もクスクスと声《こえ》が出《で》ないように笑《わら》っている。

後藤《ごとう》が一通《ひととお》りクラス全員《ぜんいん》の持《も》ち物《もの》をチェックし終《お》わった。なかにはまんがだのお腹《なか》が空《す》いた時用《ときよう》のビスケットなどを持《も》ち込《こ》んでいる者《もの》もいたが、そうした者《もの》はその場《ば》の注意《ちゅうい》だけでお目《め》こぼしを受《う》けていた。

最後《さいご》に、萌音《もえ》の番《ばん》が来《き》た。萌音《もえ》がノロノロと自分《じぶん》のバッグを開《ひら》く。

「何《なに》をグズグズしているの!?　早《はや》くしなさい！」

後藤《ごとう》がイライラした声《こえ》で急《せ》かした。萌音《もえ》は体《からだ》が大《おお》きいせいか、このゆっくりしたスピードが普通《ふつう》なのだ。後藤《ごとう》の脅《おど》すような言《い》い方《かた》に怯《おび》えた萌音《もえ》は、慌《あわ》ててバッグの中身《なかみ》を取《と》り出《だ》し始《はじ》めた。そして、手《て》にした物《もの》を見《み》て、息《いき》を飲《の》んだ。傍《かたわ》らから覗《のぞ》き込《こ》んでいた後藤《ごとう》も、目《め》を見開《みひら》いた。

「なんなの……なんですか、これは!?」

萌音《もえ》を押《お》しのけるようにしてバッグをひったくると、後藤《ごとう》は自分《じぶん》でその中身《なかみ》を萌音《もえ》の机《つくえ》の上《うえ》に投《な》げつけるように出《だ》し始《はじ》めた。香水《こうすい》や、リップクリーム、ハンドクリーム……マニキュアから、カラフルなコスメセットまである。すべて萌音《もえ》に覚《おぼ》えのない物《もの》ばかり……きっと今《いま》まで手《て》にしたこともない物《もの》ばかりのはずだ。

しかしそのいずれにも、きちんと記名《きめい》がされていた。

〈安藤萌音《あんどうもえ》〉

萌音《もえ》は言葉《ことば》を失《うしな》っていた。真《ま》っ青《さお》な顔《かお》で震《ふる》える手《て》で口元《くちもと》を押《お》さえたまま、小《ちい》さく首《くび》を横《よこ》に振《ふ》り続《つづ》けている。そして後藤《ごとう》は、怒《いか》りの炎《ほのお》をたぎらせた目《め》で萌音《もえ》を睨《にら》み続《つづ》けている。

そんな二人《ふたり》を見《み》ながら、亜依達《あいたち》はお互《たが》い目《め》を見合《みあ》わせて、声《こえ》をひそめてクスクスと笑《わら》っている。さっき後藤《ごとう》が来《く》る前《まえ》にやっていたのは、萌音《もえ》の名前《なまえ》を書《か》いていたのだ。本当《ほんとう》は自《じ》分達《ぶんたち》のおしゃれグッズに、萌音《もえ》を後藤《ごとう》にもっと怒《おこ》られるようにするために。

なんで？

楽《たの》しいから。

亜依達《あいたち》は、楽《たの》しくて楽《たの》しくてたまらないといったふうに、笑《わら》いが止《と》まらない。

凛花《りんか》は思《おも》わずギュッと手《て》を強《つよ》く握《にぎ》りしめた。激《はげ》しい動悸《どうき》が止《と》まらない。

こんなの、いけないいんじゃないか。萌音《もえ》は、何《なに》も悪《わる》くない。悪《わる》いことなんて、何一《なにひと》つしていない。なんでこんなことをされなきゃいけないのか、さっぱり分《わ》からない。なんで、なんで……。

ポン、と、凛花《りんか》の肩《かた》が叩《たた》かれた。ハッと振《ふ》り返《かえ》ると、斜《なな》め後《うし》ろに座《すわ》っている杏奈《あんな》だった。杏奈《あんな》も頬《ほお》を輝《かがや》かせて、凛花《りんか》に囁《ささや》いた。

「見《み》て、あの関取《せきとり》の顔《かお》！　ブッサイクすぎて、ヤバすぎじゃん？　マジ笑《わら》えるー」

ね、と、杏奈《あんな》が笑《わら》う。

何言《なにい》ってんの、と凛花《りんか》は思《おも》った。こんなの、だめじゃないの？　人《ひと》として、いけないいんじゃないの？　心《こころ》の中《なか》では、いろんな言葉《ことば》が後《あと》から後《あと》から湧《わ》き出《だ》してくる。凛花《りんか》の、良心《りょうしん》から湧《わ》き出《だ》す言葉《ことば》が。

でも。

「……うん」

凛花《りんか》は、杏奈《あんな》に笑顔《えがお》を向《む》けた。

言《い》えない。

だって、分《わ》からない。自分《じぶん》の良心《りょうしん》が、正《ただ》しいのかどうか。

誰《だれ》も、何《なに》も言《い》わない。周《まわ》りの誰一人《だれひとり》、これがいけないことだと、声《こえ》を上《あ》げる人《ひと》がいない。

当《とう》の萌音自身《もえじしん》が、後藤《ごとう》に「違《ちが》う」と言《い》わないのだ。

「これは、自分《じぶん》のじゃない。この記名《きめい》は、私《わたし》の字《じ》じゃない」と。

「誰《だれ》かが、私《わたし》にいやがらせをしている」と。

「その誰《だれ》かとは、沢木亜依《さわきあい》とゴボウ、そしてその仲間達《なかまたち》だ」と。

自分《じぶん》の本当《ほんとう》のことを何一《なにひと》つ口《くち》にしないまま、萌音《もえ》は泣《な》きそうな顔《かお》をして、ただ黙《だま》って立《た》っているだけだ。

萌音《もえ》が動《うご》かないから、凜花《りんか》もどう動《うご》いたらいいのか分《わ》からない。今《いま》この場所《ばしょ》で感《かん》じることも、どんな感情《かんじょう》が正解《せいかい》なのか。

分《わ》からない。

「安藤《あんどう》さん。これは全部没収《ぜんぶぼっしゅう》します。あとで生活指導室《せいかつしどうしつ》に行《い》きなさい。生活指導《せいかつしどう》の先生《せんせい》には、お話《はな》ししておきます」

吐《は》き捨《す》てるようにそう言《い》うと、後藤《ごとう》は教室《きょうしつ》から出《で》ていった。

後藤《ごとう》の靴音《くつおと》が遠《とお》ざかるのを確《たし》かめてから、ゴボウが萌音《もえ》の背中《せなか》を蹴《け》りつけた。いきなりのことでバランスを崩《くず》し、萌音《もえ》が前《まえ》の机《つくえ》に倒《たお》れ込《こ》む。その太《ふと》い指《ゆび》を、ゴボウの小《ちい》さな足《あし》が踏《ふ》みつけた。

「どうすんだよ！　あんたのせいで、うちらのコスメ道具《どうぐ》が没収《ぼっしゅう》されちゃったじゃんかよ！」

「まあまあ。後《あと》で弁償《べんしょう》してもらえばいいじゃん」

ポンポンと亜依《あい》に肩《かた》を叩《たた》かれると、ゴボウは嬉《うれ》しそうに振《ふ》り返《かえ》った。

「そうだね！　あたしのコスメセット、三千円《さんぜんえん》だから！」

「あたしのは千二百円《せんにひゃくえん》」

亜依達《あいたち》は没収《ぼっしゅう》されたものの金額《きんがく》を口々《くちぐち》に言《い》った。そして、

「明日《あした》までに、ちゃんと金《かね》持《も》ってこいよ！」

ゴボウは、やっとの思《おも》いで立《た》ち上《あ》がった萌音《もえ》の脚《あし》をまた蹴《け》りつけた。そのはずみで、萌《も》音《え》の目《め》に浮《う》かんでいた涙《なみだ》がポロポロとこぼれ落《お》ちた。するとそれを見《み》たゴボウは目《め》をキラ

キラさせ、

「何《なに》、泣《な》いてやんの、こいつ！」

と言《い》うが早《はや》いか、掃除道具《そうじどうぐ》入《い》れに走《はし》り雑巾《ぞうきん》を持《も》ってくると、

「拭《ふ》いてあげる！」

と、雑巾《ぞうきん》で萌音《もえ》の顔《かお》を拭《ふ》き出《だ》した。

「やめて」

抗《あらが》おうとする萌音《もえ》の手《て》を、優奈《ゆうな》と玖美《くみ》が押《お》さえつける。ゴボウは萌音《もえ》の顔《かお》から頭《あたま》から、床《ゆか》を拭《ふ》く雑巾《ぞうきん》で拭《ふ》きまくった。笑《わら》いながら。

「見《み》て、凛花《りんか》！　萌音《もえ》の顔《かお》、床《ゆか》より汚《きたな》い！」

亜依《あい》が凛花《りんか》の方《ほう》に来《き》て、肩《かた》に頭《あたま》をのせるようにして笑《わら》った。

肩《かた》にのった亜依《あい》の頭《あたま》が重《おも》い。でも、外《はず》せない。だって亜依《あい》は、友達《ともだち》だから。

目《め》の前《まえ》で、萌音《もえ》が雑巾《ぞうきん》で顔《かお》を拭《ふ》かれながら泣《な》いている。そして、それを見《み》て楽《たの》しそうに、仲良《なかよ》しグループのみんなは笑《わら》っている。楽《たの》しいの？　これは、楽《たの》しいことなの？

周《まわ》りの他《ほか》の人《ひと》は、みんな目《め》を背《そむ》けて見《み》ないふりしてるけど。みんな黙《だま》って、下《した》をじっと

見《み》ているけど。
これは、楽《たの》しいことなの？
「う……うん……」
凛花《りんか》は笑《わら》おうとしたが、頬《ほお》が強張《こわば》って上手《うま》く口《くち》の両端《りょうたん》が上《あ》がらない。
……苦《くる》しいよ。
分《わ》からない。
今《いま》、あたしはどうしたらいいのか……どうしなきゃいけないのか。
分《わ》からないよ………。

四

その夜《よる》は、母《はは》が残業《ざんぎょう》で遅《おそ》いので、凛花《りんか》は父《ちち》と外《そと》で食事《しょくじ》をすることにした。会社帰《かいしゃがえ》りの父《ちち》と駅《えき》の改札《かいさつ》で待《ま》ち合《あ》わせをし、そのまま駅《えき》ビルのレストラン街《がい》に行《い》く。

エレベーター乗《の》り場《ば》にあるレストラン案内《あんない》を見《み》ながら、父《ちち》が聞《き》いた。

「何《なに》を食《た》べようか？」

いつもならぱっと「あそこがいい」と返事《へんじ》の早《はや》い凛花《りんか》が、答《こた》えない。父《ちち》が見《み》ると、凛花《りんか》は眉《まゆ》を曇《くも》らせて俯《うつむ》いている。

「凛花《りんか》」

ポンと肩《かた》を叩《たた》かれ、ハッと凛花《りんか》は目《め》の焦点《しょうてん》を父《ちち》に合《あ》わせた。

「あ、何《なに》？」

「どうした？　ぼうっとして。何《なに》食《た》べたい？　お腹《なか》、空《す》いてないの？」

凛花《りんか》の頭《あたま》には、ずっと朝《あさ》の出来事《できごと》のことがあった。こびりついて離《はな》れないのだ。

萌音《もえ》の泣《な》き顔《がお》が、「やめて」という悲鳴《ひめい》のような声《こえ》が。そして、亜依達《あいたち》の面白《おもしろ》そうな笑《わら》い声《ごえ》が。

でも、心配《しんぱい》をかけちゃいけない……凛花《りんか》は慌《あわ》てて笑顔《えがお》を作《つく》った。

「……ううん。お腹《なか》ペコペコ。空《す》きすぎちゃって、辛《つら》いよ〜」

凛花《りんか》の笑顔《えがお》に安心《あんしん》したように父《ちち》もほほ笑《え》み、

「じゃあ、何《なに》にする？　パパは、焼《や》き肉《にく》が食《た》べたいなあ」

「えー、イタリアンがいい。パスタ食《た》べたい。カルボナーラ」

「パパは肉《にく》でビールといきたいんだけどな。じゃあ、やっぱりあれで決《き》めるか」

「オッケー、ジャンケンね！　サンマでいくよ！」

ジャンケンポン！　と、父《ちち》と一緒《いっしょ》に勢《いきお》いよくジャンケンをする。小《ちい》さい頃《ころ》から父《ちち》と何《なに》か決《き》める時《とき》に、必《かなら》ずやるのだ。母《はは》は出版社《しゅっぱんしゃ》に勤《つと》めていて時間《じかん》が不規則《ふきそく》なので、父《ちち》と二人《ふたり》で過《す》ごす時間《じかん》が長《なが》かった。寂《さび》しさを紛《まぎ》らわすために、いろんなことをして遊《あそ》びながら、二人《ふたり》でやってきた。母《はは》は大好《だいす》きだが、父《ちち》とは最高《さいこう》のコンビだと思《おも》っている。父《ちち》とジャンケンして笑《わら》い合《あ》っていると、頭《あたま》にずっとこびりついていたものが、徐々《じょじょ》に薄《うす》れていき、凛花《りんか》が勝《か》ってイタリアンレストランに入《はい》る時《とき》には、すっかり忘《わす》れ去《さ》っていた。

しかし、席《せき》に着《つ》いた時《とき》。凛花《りんか》はカルボナーラ、父《ちち》はボロネーゼとビール、そして二人《ふたり》でシェアする前菜《ぜんさい》やサラダをオーダーし、それを受《う》けたウェイターが厨房《ちゅうぼう》に入《はい》ったところだった。ディズニー映画《えいが》の「美女《びじょ》と野獣《やじゅう》」のテーマ曲《きょく》が流《なが》れてきた。凛花《りんか》の携帯《けいたい》の着《ちゃく》メロだ。

「あ、ヤバ！」

マナーモードにし忘《わす》れたことに慌《あわ》てて、凛花《りんか》は急《いそ》いでバッグから携帯《けいたい》を取《と》り出《だ》した。画《が》面《めん》を見《み》ると、母《はは》からだ。仕事中《しごとちゅう》なのに、どうしたんだろう……凛花《りんか》は首《くび》をかしげながら父《ちち》に「ママから」と言《い》って、席《せき》を立《た》った。レストランの外《そと》に出《で》て、応答《おうとう》ボタンを押《お》す。

「もしもし、ママ？　どうしたの？」

「凛花《りんか》？　今《いま》、どうしてるの？」

携帯《けいたい》から聞《き》こえる母《はは》の声《こえ》は、少《すこ》し硬《かた》く、緊張感《きんちょうかん》を帯《お》びているようだ。仕事中《しごとちゅう》にかけてくるのだから、何《なに》か緊急《きんきゅう》なのだろう。凛花《りんか》も思《おも》わず緊張《きんちょう》した。

「今《いま》？　今《いま》、パパと駅《えき》ビルにいる。お夕飯《ゆうはん》食《た》べるとこ。〈ルナピエティ〉で」

「今話《いまはな》して、平気《へいき》？」

「うん。どうしたの？　今《いま》、お仕事中《しごとちゅう》でしょ？」

「今《いま》ね、学校《がっこう》から、保護者《ほごしゃ》への緊急一斉《きんきゅういっせい》メールが来《き》たのよ。あなたのクラスで、いじめが起《お》きたって」

母《はは》の言葉《ことば》に、凛花《りんか》の心臓《しんぞう》は、大《おお》きな杭《くい》を打《う》たれたような衝撃《しょうげき》を受《う》けた。その衝撃《しょうげき》で、一瞬息《いっしゅんいき》が詰《つ》まる。

「凛花《りんか》、聞《き》こえてる？」

「う、うん……」

「今日《きょう》の十時《じゅうじ》から、緊急保護者会《きんきゅうほごしゃかい》を開《ひら》きますって。どうしたの？　一体《いったい》、何《なに》があったの？」

まるで体中《からだじゅう》が心臓《しんぞう》になったかのように、バクバクいう鼓動《こどう》と共《とも》に体《からだ》が揺《ゆ》れる。すっかり動転《どうてん》した凛花《りんか》は、速《はや》くなる呼吸《こきゅう》の中《なか》で、懸命《けんめい》に言葉《ことば》を探《さが》した。

「えっと……あの………」

「いいわ。とにかく、今日《きょう》は早《はや》く仕事切《しごとき》り上《あ》げて、そのまま学校《がっこう》に行《い》くから。パパにそう伝《つた》えて。じゃあね」

母《はは》からの電話《でんわ》は、ストンと幕《まく》を落《お》とすように切《き》れた。

待《ま》ち受《う》け画面《がめん》に戻《もど》った携帯《けいたい》を、凛花《りんか》は見《み》つめ続《つづ》けた。

緊急《きんきゅう》保護者会《ほごしゃかい》……？

いじめが起《お》きた……？

呆然《ぼうぜん》とした凛花《りんか》の頭《あたま》の中《なか》に、母《はは》の言葉《ことば》が繰《く》り返《かえ》される。

萌音《もえ》の泣《な》き顔《がお》、叫《さけ》び声《ごえ》と共《とも》に。

あれは、やっぱり。

やっぱり、いじめだったのだ。

「凛花《りんか》、もう料理《りょうり》来《き》たよ……どうした？」

立《た》ち尽《つ》くす凛花《りんか》の元《もと》に、父《ちち》が駆《か》け寄《よ》り、震《ふる》える肩《かた》を支《ささ》えるように手《て》をそえた。

「ママから……ママ、遅《おそ》くなるって……」

「そうなの？　なんで？」

「なんか……学校《がっこう》で、急《きゅう》に保護者会《ほごしゃかい》が、ある、とか……」

言葉《ことば》を振《ふ》り絞《しぼ》る。父《ちち》に本当《ほんとう》のことを言《い》いたくなかった。学校《がっこう》でいじめがあったと、それに関《かか》わっていると、父《ちち》には知《し》られたくない。

凛花《りんか》がそんな子供《こども》だと、思《おも》われたくなかった。

結局《けっきょく》あまり食事《しょくじ》もはかどらないまま、帰宅《きたく》した。

部屋《へや》に戻《もど》り携帯《けいたい》を見《み》ると、亜依達《あいたち》からのＬＩＮＥ《ラ イ ン》が山《やま》のようにたまっていた。

『緊急保護者会《きんきゅうほごしゃかい》だって！　関取《せきとり》がチクッたよ』

『今日《きょう》の十時《じゅうじ》なんて、いきなりすぎて非常識《ひじょうしき》だって、うちのババアが怒《おこ》ってた』

『うちも。ババアが文句《もんく》を学校《がっこう》に言《い》ったら、関取《せきとり》の親《おや》がそうしろって言《い》ってんだって』

『うちも電話《でんわ》した。したら、日《ひ》にちが経《た》っていじめの犯人《はんにん》に口裏合《くちうらあ》わせさせないためだって』

『さすが関取《せきとり》んち。いじめられ慣《な》れてんな』

『うちら、ヤバくない？』

『あれはいじめじゃねえよ。遊《あそ》びだよ』

『うちらのグループに入《い》れて、遊《あそ》んでやってたんじゃん』

『あんた、いじめだと思《おも》ってんの？』

『思《おも》ってないよ』

『マジ、関取《せきとり》ムカつく』

その後《あと》は、延々《えんえん》と萌音《もえ》に対《たい》する悪口《わるくち》が連《つら》なっていく。読《よ》んでしまった凛花《りんか》は、一層心《いっそうこころ》が重《おも》く苦《くる》しくなった。読《よ》んでしまった。読《よ》んだからには、自分《じぶん》も何《なに》か書《か》き込《こ》まないと、既読《きどく》スルーでバックレたと思《おも》われる。でも何《なに》を書《か》けばいい？　萌音《もえ》の悪口《わるくち》？　萌音《もえ》の悪口《わるくち》なんて、心《こころ》の中《なか》に、一《ひと》つも思《おも》い浮《う》かばない。そんなことより心《こころ》を満《み》たしているのは、「どうしよう」という不安《ふあん》だけだ。

必死《ひっし》で遊《あそ》びと思《おも》い込《こ》もうとしていたあれは、やっぱり、いじめだった。

あたしは、ひどいことをしたのだ。

母《はは》から絶対《ぜったい》してはいけないと言《い》われていたとんでもないことを、してしまっていたのだ。

どうしよう。

どうしよう…………。

凛花《りんか》は携帯《けいたい》を切《き》った。もう、見《み》たくなかった。

でも。もしここで何《なに》も書《か》かなかったら、どうなる……？

みんなが同《おな》じ思《おも》いだからつながっているグループなのだ。凛花《りんか》も、みんなと同《おな》じだからつながっていられる。それなのに、ここで意見《いけん》を言《い》わないということは、思《おも》いが違《ちが》っているということを叫《さけ》ぶようなものだ。

そうしたら……。

凛花《りんか》は、苦《くる》しい息《いき》をつめた。

切《き》った画面《がめん》を、またＬＩＮＥ《ライン》に戻《もど》す。

そうして、一行《いちぎょう》書《か》き込《こ》んだ。

『だよね。あ、パパ呼《よ》んでる！　お説教《せっきょう》かな？　ヤバっ。またね！』

『あー、凛花《りんか》のイケメンパパ』

『よろしく伝《つた》えてねー！』

切《き》ろうとした直前《ちょくぜん》に、続々《ぞくぞく》と凛花《りんか》のパパ上《あ》げのメッセージが書《か》き込《こ》まれた。

なんとか上手《うま》く切《き》れて、凛花《りんか》は安堵《あんど》のため息《いき》を深《ふか》くついた。

こうしていると、みんな楽《たの》しい子達《こたち》なのに。

凛花《りんか》は携帯《けいたい》を握《にぎ》りしめ、ギュウッと額《ひたい》に押《お》し付《つ》けた。心《こころ》が石《いし》のように固《かた》まってしまい、何《なに》か思《おも》うたびに、痛《いた》い。苦《くる》しい。あえぐように息《いき》をして、天井《てんじょう》を見上《みあ》げた。

どうして、こんなことになってしまったの……？


母《はは》が帰宅《きたく》したのは、十二時《じゅうにじ》を過《す》ぎてからだった。

お風呂《ふろ》に入《はい》りすでにベッドに入《はい》っていたが、凛花《りんか》はまだ起《お》きていた。

ドアを開《あ》ける音《おと》とともに、母《はは》と父《ちち》が話《はな》す声《こえ》が遠《とお》くで聞《き》こえる。何《なに》を話《はな》しているか分《わ》からないが、声《こえ》は穏《おだ》やかだった。

それが、なぜか怖《こわ》い。

声《こえ》がやみ、足音《あしおと》が凛花《りんか》の部屋《へや》にどんどんと近《ちか》づいてくる。凛花《りんか》はベッドの中《なか》でその音《おと》に耳《みみ》を澄《す》ませながら、心臓《しんぞう》の鼓動《こどう》が速《はや》まるのを感《かん》じた。

あれは、ママの足音《あしおと》だ。

ママは、学校《がっこう》で何《なに》を聞《き》いてきたのだろう。

いじめって、電話《でんわ》で言《い》っていた。ママは、どう思《おも》っただろう。あたしにあんなに、いじめはダメだって言《い》っていたのに。見《み》ているだけでもダメだって、言《い》っていたのに。

母《はは》が部屋《へや》に入《はい》ってくる前《まえ》から、その表情《ひょうじょう》は想像《そうぞう》がついた。きっと、怒《おこ》ってる。すごく。あれだけ言《い》ったのに、何《なに》してるの。情《なさ》けないって。萌音《もえ》にしたいじめは亜依達《あいたち》のグループのしわざであることは、きっと萌音《もえ》から話《はなし》がいっているはずだ。だとしたら、凛花《りんか》もいじめたグループの一人《ひとり》であることは、ばれている。もう、ごまかしようがない。

母《はは》の足音《あしおと》がドアの前《まえ》で止《と》まり、ドアノブを回《まわ》す音《おと》が聞《き》こえる。凛花《りんか》の心臓《しんぞう》は、オーバーヒートして爆発《ばくはつ》しそうなほど激《はげ》しく打《う》ち付《つ》けてくる。

怒《おこ》られる、怒《おこ》られる、怒《おこ》られる……。凛花《りんか》はベッドの中《なか》で、体《からだ》をギュッと縮《ちぢ》めて、目《め》をつぶった。

……怒《おこ》られる……。

「凛花《りんか》」

その声《こえ》に、凛花《りんか》は体中《からだじゅう》の力《ちから》が抜《ぬ》けるのを感《かん》じた。

怖《こわ》くて体《からだ》を強張《こわば》らせた凛花《りんか》の耳《みみ》に入《はい》った母《はは》の声《こえ》は、思《おも》いもしないほど優《やさ》しいものだった。

「もう寝《ね》た？」

いつもの温《あたた》かい、穏《おだ》やかな母《はは》の声《こえ》。

怒《おこ》っていない、母《はは》は。そのことで、逆《ぎゃく》に凛花《りんか》は涙《なみだ》が込《こ》み上《あ》げてきた。

あたし、そんな優《やさ》しい声《こえ》で話《はな》しかけてもらえるような、良《い》い子《こ》じゃない。

あたし、ママが絶対《ぜったい》ダメだって言《い》ってたいじめを、ずっと見《み》てるような、卑怯《ひきょう》な子《こ》なんだよ。

あたし、あたし……………。

涙《なみだ》が止《と》まらなくなり、凛花《りんか》はたまらず、ベッドの中《なか》でしゃくり上《あ》げた。

「凛花《りんか》」

母《はは》はそう呼《よ》ぶと、布団《ふとん》の上《うえ》から優《やさ》しく凛花《りんか》の頭《あたま》を撫《な》でた。

「凛花《りんか》が泣《な》くような子《こ》で、良《よ》かった」

ゆっくり、ゆっくり、まるで小《ちい》さな子《こ》をなだめるように柔《やわ》らかく、母《はは》は凛花《りんか》を撫《な》でる。

「凛花《りんか》なら、安藤《あんどう》さんがどんな気持《きも》ちだったか、分《わ》かるよね」

凛花《りんか》は布団《ふとん》の中《なか》で頷《うなず》いた。分《わ》かる。だって、泣《な》いていた。やめてって、叫《さけ》んでいた。

頭《あたま》から離《はな》れない、悲《かな》しい、悲《かな》しい瞳《ひとみ》。

凛花《りんか》の心《こころ》も、いつも痛《いた》かったのだ。苦《くる》しくて、辛《つら》かったのだ。

「……でも……、見《み》てることしか……できなかった……」

ずっと胸《むね》に詰《つ》まっていた物《もの》を吐《は》き出《だ》すように、しゃくり上《あ》げながら凛花《りんか》は言《い》った。

「あたし……いじめって、思《おも》わないようにしてた……これって、遊《あそ》びだって……そう、思《おも》ってた……思《おも》おうと、してた……」

母《はは》は、変《か》わらず凛花《りんか》を撫《な》でてくれる。言《い》っていいんだ。全部《ぜんぶ》、言《い》ってもいいんだ。

「……怖《こわ》かった……怖《こわ》かったの。いじめってなったら、止《と》めなきゃいけない。見《み》てるだけじゃダメって、ママ言《い》ってたでしょう？　でも、止《と》めるのが、怖《こわ》かったの。亜依達《あいたち》が楽《たの》しそうにやってることに、やめなよって言《い》うのが、怖《こわ》かったの。すごく、すごく、怖《こわ》くて、言《い》えなくて、だからあたし……」

「……そう」

「……ごめんなさい……ママ。いじめはダメって……見《み》てるだけもダメって、言《い》ってたのに……あたしは、全然《ぜんぜん》……萌音《もえ》、やめてって、言《い》ってたのに……泣《な》いてたのに……。あたし、分《わ》かってたのに。あんなの遊《あそ》びじゃないって……。あれは……」

「……言《い》えないよね」

母《はは》が、ポツリと言《い》った。

「いじめは、やめなよ、なんて」

思《おも》いがけない母《はは》の言葉《ことば》だった。凛花《りんか》は聞《き》き間違《まちが》いかと思《おも》い、布団《ふとん》から顔《かお》を出《だ》して、母《はは》の方《ほう》を見《み》た。ベッドに横《よこ》になる凛花《りんか》の傍《かたわ》らに座《すわ》った母《はは》は、小《ちい》さくほほ笑《え》んでいる。とても苦《くる》しそうな、悲《かな》しそうな目《め》をして。

「ママ……？」

「……ママが凛花《りんか》くらいの時《とき》ね、やっぱりいじめがあったの。クラスで」

「え」

母《はは》の顔《かお》を見《み》つめる。母《はは》は今年四十歳《ことしよんじっさい》になった。毎日見《まいにちみ》ているから分《わ》からないが、母《はは》が言《い》うには肌《はだ》がたるみ、顔色《かおいろ》がくすんできたらしい。やだわ、おばさんになったわ、と、鏡《かがみ》に向《む》かってぼやいている、そんな大人《おとな》の母《はは》しか知《し》らない凛花《りんか》は、母《はは》が自分《じぶん》と同《おな》じ中学生《ちゅうがくせい》だった頃《ころ》があることが、ピンとこない。

「クラスで、ちょっと浮《う》いてた子《こ》だったの。背《せ》が高《たか》かったんだけど、すごく痩《や》せてて、制服《せいふく》がブカブカで。凛花達《りんかたち》みたいな可愛《かわい》い制服《せいふく》じゃなくて、紺《こん》のストーンとした上下《じょうげ》だったから、なんかのっぺりした感《かん》じになって、こう言《い》うのもなんだけど、なんだかすごく不格《ぶかっ》好《こう》で、目立《めだ》ってたの。その上《うえ》、ちょっとみんなとテンポが違《ちが》う感《かん》じで。でも、それだけよ。それだけなのに、クラスのリーダー格《かく》の子《こ》がからかって。最初《さいしょ》は遊《あそ》びだったの。みんな、そう思《おも》ってた」

目《め》の前《まえ》にいる母《はは》の顔《かお》が、少《すこ》しずつ中学生《ちゅうがくせい》の輪郭《りんかく》を帯《お》びてくる。紺色《こんいろ》の上下《じょうげ》の制服《せいふく》を着《き》た母《はは》。いや、母《はは》の名前《なまえ》は典子《のりこ》だから、のりちゃん、ノンちゃんとか、呼《よ》ばれていたのだろうか。大学時代《だいがくじだい》の母《はは》の友人《ゆうじん》が、母《はは》を「ノン」と呼《よ》んでいたのを、ふと思《おも》い出《だ》す。母《はは》は静《しず》かに、ノンの頃《ころ》の話《はなし》を続《つづ》けた。

「いつからか、今《いま》でも思《おも》い出《だ》せないの。本当《ほんとう》に小《ちい》さなきっかけだったと思《おも》うんだけど、その子《こ》が、リーダー格《かく》の子達《こたち》と、いつも一緒《いっしょ》にいるようになっていたのね。仲良《なかよ》しグループに、入《はい》ってたの。みんなでいつも笑《わら》ってた。その子《こ》を、ネタにしてね」

凛花《りんか》は息《いき》を飲《の》んだ。

ネタ。

紺色《こんいろ》の制服《せいふく》を着《き》た少女達数人《しょうじょたちすうにん》が固《かた》まって、笑《わら》い合《あ》っている姿《すがた》が目《め》に浮《う》かんだ。面白《おもしろ》そうに、楽《たの》しそうに。

困《こま》った顔《かお》をした一人《ひとり》の少女《しょうじょ》を、中心《ちゅうしん》にして。

「クジラって、呼《よ》ばれてた。クジラって、クジラ幕《まく》から来《き》てるの。知《し》ってる？　クジラ幕《まく》って、お葬式《そうしき》の時《とき》に張《は》る、白《しろ》と黒《くろ》の幕《まく》のこと。骨《ほね》っぽい体《からだ》に紺《こん》と白《しろ》の制服《せいふく》が垂《た》れ下《さ》がってるみたいに見《み》えるところが似《に》てるからって。だから、クラスみんなでお通夜《つや》に参加《さんか》する機《き》会《かい》があったんだけど、その時《とき》、その子《こ》ずっと、クジラ幕《まく》の前《まえ》に立《た》たされたことがあった。お通夜《つや》の時《とき》、ずっと。お焼香《しょうこう》に来《き》た弔問客《ちょうもんきゃく》の人達《ひとたち》が、みんなジロジロ見《み》てる中《なか》、ずっと」

「なんで、そんな……」

「恥《は》ずかしいわよね。それに、それ真冬《まふゆ》だったの。なのにコートも着《き》ないで、制服《せいふく》だけで、きっとすごく寒《さむ》かったと思《おも》う。来《き》た時《とき》はちゃんとコートも着《き》てたのよ。でもそれ脱《ぬ》がされて。その子嫌《こいや》がったんだけど、『あんたは人《ひと》の死《し》を弔《とむら》う心《こころ》もないのか！　この人《ひと》でなし！』って、すごく責《せ》められて……殴《なぐ》られて、蹴《け》られて」

真冬《まふゆ》の夜《よる》。白《しろ》い息《いき》。寒《さむ》さで赤《あか》くなった鼻《はな》や頬《ほお》。蹴《け》られてあざだらけの体《からだ》で、震《ふる》えながらじっとクジラ幕《まく》の前《まえ》で立《た》ち続《つづ》ける。好奇《こうき》の目《め》に耐《た》えながら、じっと、ただじっと。

「……ひどい」

「ね。ママもひどいって思《おも》った。そう言《い》えば、よかったのよ。ひどい、やめなよって。その子《こ》にも、大丈夫《だいじょうぶ》って、コート着《き》なよって、言《い》えばよかった」

ふと、母《はは》の声《こえ》が変《か》わった。

「言《い》えなかった」

母《はは》の目《め》が、遠《とお》くを見《み》た。

「みんなが、笑《わら》ってたから」

今《いま》の母《はは》は、ノンなのだ。ノンは見《み》ている。お葬式《そうしき》で、クジラ幕《まく》の前《まえ》に立《た》ち尽《つ》くす少女《しょうじょ》を見《み》ながら、笑《わら》い転《ころ》げるクラスメート達《たち》を。

「すごく、楽《たの》しそうだった。その子達《こたち》以外《いがい》にもクラスメートも来《き》てたけど、やっぱり誰《だれ》も、何《なに》も、言《い》わなかったの。だから、なんか言《い》っちゃいけないような気《き》がした。楽《たの》しそうにしてるのに、水《みず》を差《さ》しちゃいけないって、そんな風《ふう》に思《おも》った」

同《おな》じだ。

ノンも、凛花《りんか》と同《おな》じ考《かんが》えをしていた。

「それから、その子《こ》に対《たい》する行動《こうどう》は、ますますひどくなっていったわ。その子《こ》の一挙一動《いっきょいちどう》を揚《あ》げ足取《あしと》って笑《わら》いものにしたり、持《も》ち物全部《ものぜんぶ》破《やぶ》り捨《す》てたり、急《きゅう》に無視《むし》してハブったり、かと思《おも》ったらクラスの人気者扱《にんきものあつか》いして、さんざん持《も》ち上《あ》げて、果《は》てには学年《がくねん》で一番人気《いちばんにんき》のある男子《だんし》に告白《こくはく》させて、喜《よろこ》んでるところをこっそり放送室《ほうそうしつ》のテレビカメラで隠《かく》し撮《ど》りして、全校《ぜんこう》に生中継《なまちゅうけい》して」

そこで、母《はは》は急《きゅう》に言葉《ことば》を切《き》った。話《はなし》に聞《き》き入《い》っていた凛花《りんか》は、続《つづ》きを促《うなが》すように母《はは》の顔《かお》を覗《のぞ》き込《こ》んだ。

「ママ？」

「……その子《こ》、その彼《かれ》が好《す》きだったみたいなの」

母《はは》の声《こえ》が掠《かす》れる。

「ママ、教室《きょうしつ》のテレビで、みんなで見《み》てたの。その子《こ》、告白《こくはく》された時《とき》、顔《かお》パアッと赤《あか》くなってね。涙《なみだ》が溢《あふ》れてきて、それでもすごくキラキラしてて……見《み》てるだけで、こっちも胸《むね》がキュウッてなる感《かん》じだった。なのに」

いきなり、その子《こ》の後《うし》ろから、大量《たいりょう》の水《みず》が掛《か》けられた。見《み》ていたみんなも驚《おどろ》いたが、一《いち》番驚《ばんおどろ》いた表情《ひょうじょう》を見《み》せたのは、その子《こ》だった。うろたえる姿《すがた》に、沢山《たくさん》の人《ひと》の笑《わら》い声《ごえ》がかぶる。

『ばっかじゃないのー、本気《ほんき》にしてるー！』

『あんたなんかが、本当《ほんとう》に好《す》きになってもらえると、思《おも》ってたんだ！』

『マツイくんは、サチコの彼氏《かれし》なんだよ！　あんたなんか、相手《あいて》にするわけないじゃん！』

サチコは、いじめのリーダー。誰《だれ》もが認《みと》める、学年一《がくねんいち》の美少女《びしょうじょ》。

サチコとマツイくんが、画面《がめん》に映《うつ》る。笑《わら》っている。面白《おもしろ》そうに、心《こころ》の底《そこ》からおかしそうに。

『いい夢《ゆめ》みせてあげたこと、感謝《かんしゃ》してよね。これ、全校《ぜんこう》に流《なが》してあげたから』

ずぶ濡《ぬ》れのその子《こ》の顔《かお》が、空《から》っぽになっていく。目《め》も鼻《はな》も口《くち》もあるのに、何《なに》もないような、空《から》っぽの顔《かお》。

『クジラごときがカッコいい男《おとこ》の子《こ》に告白《こくはく》されるなんて、最高《さいこう》の見世物《みせもの》でしょ？　タイトルは、〈美男《びなん》と野獣《やじゅう》〉でばっちりじゃない！　もう、全校生徒《ぜんこうせいと》に見《み》てもらわないとね！』

マツイくんの腕《うで》に自分《じぶん》の腕《うで》をからませながら、サチコが笑《わら》う。そこに、他《ほか》の教室《きょうしつ》からも、笑《わら》い声《ごえ》が聞《き》こえてきた。

『美男《びなん》と野獣《やじゅう》、笑《わら》える〜』

『野獣《やじゅう》のくせに、乙女《おとめ》な顔《かお》しやがってさ。受《う》ける〜！』

ふらり、と、その子《こ》の姿《すがた》がフレームアウトした。

「すぐにその子《こ》、教室《きょうしつ》に戻《もど》ってきたのよ」

母《はは》は低《ひく》い声《こえ》で言《い》った。

「その子《こ》が教室《きょうしつ》に入《はい》った途端《とたん》、クラス中《じゅう》が笑《わら》いに包《つつ》まれたわ。みんなではやし立《た》てた。からかった。みんながその子《こ》を野獣扱《やじゅうあつか》いして、身《み》の程知《ほどし》らずと嘲《あざけ》ったわ。ママもね。ママも、笑《わら》った」

母《はは》は、凛花《りんか》の目《め》を見《み》た。

「……言《い》えないよね。その子《こ》の苦《くる》しさが分《わ》かってても、みんなが笑《わら》ってたら。その子《こ》、なんにも言《い》わなかった。ただみんなに笑《わら》われるまま、じっと席《せき》に着《つ》いて机《つくえ》を見《み》つめてた。そのままお昼休《ひるやす》みが終《お》わって、普通《ふつう》に授業《じゅぎょう》が始《はじ》まったわ。その子《こ》も、普通《ふつう》に授業《じゅぎょう》を受《う》けてた。学校《がっこう》で授業《じゅぎょう》を受《う》けるように、その子《こ》がいじめられるのも、ごく普通《ふつう》の日常茶飯事《にちじょうさはんじ》になってた。だから、誰《だれ》も、何《なに》も思《おも》わなかった。でもね、その子《こ》はその晩《ばん》」

母《はは》は、大《おお》きく息《いき》をついて、目《め》を閉《と》じた。その眉根《まゆね》をギュウと寄《よ》せて、母《はは》は声《こえ》を振《ふ》り絞《しぼ》るようにして、言葉《ことば》を押《お》し出《だ》した。

「……自殺《じさつ》したの」

凛花《りんか》は、息《いき》を飲《の》んだ。

死《し》んだ。

みんなが笑《わら》った楽《たの》しいこと。面白《おもしろ》おかしい、友達同士《ともだちどうし》のじゃれ合《あ》い。それだけだった、はずなのに。

「……お葬式《そうしき》に、行《い》ったわ」

母《はは》は言葉《ことば》を続《つづ》けた。

「いじめがあったって、その子《こ》が書《か》き残《のこ》していたの。学校《がっこう》で大騒《おおさわ》ぎになった。いじめのリーダーは遊《あそ》びだったたって、言《い》い張《は》ったわ。いじめたつもりなんて、全然《ぜんぜん》なかったたって。その頃《ころ》の学校《がっこう》は、今《いま》みたいに『いじめを受《う》けた人間《にんげん》がどう感《かん》じるかでいじめかどうかを判断《はんだん》する』なんてなかったから。自殺《じさつ》した子《こ》が被害者意識《ひがいしゃいしき》が強《つよ》すぎた、いじめられた方《ほう》にも問《もん》題《だい》がある、なんて、そんな結論《けつろん》になってってね。生《い》きてる人《ひと》に、都合《つごう》のいいように。でも正直《しょうじき》、ママ達《たち》にも、その方《ほう》が都合《つごう》が良《よ》かった。気持《きも》ちが、楽《らく》になった。苦《くる》しかったのよ。その子《こ》が自殺《じさつ》したって聞《き》いた時《とき》、『なんであの時《とき》、一言《ひとこと》でもなぐさめてあげなかったんだろう』って。すごく、後悔《こうかい》したの。でもあの子《こ》の心《こころ》が弱《よわ》かったのなら、仕方《しかた》ないって。それでもクラスメートとして、最後《さいご》のお別《わか》れはしないということで、告別式《こくべつしき》に、みんなで行《い》ったの。そこで、初《はじ》めて……」

母《はは》の声《こえ》が震《ふる》えた。凛花《りんか》が見《み》つめる母《はは》の目《め》に、涙《なみだ》が膨《ふく》れ上《あ》がってくる。

「……初《はじ》めて、そんなもんじゃないって、思《おも》い知《し》らされた」

「ママ」

「告別式《こくべつしき》で見《み》たその子《こ》のご両親《りょうしん》……もう、まっすぐに座《すわ》っていられなかった。泣《な》いて泣《な》いて、お互《たが》い支《ささ》え合《あ》うようにして、遺族席《いぞくせき》に座《すわ》ってた。その子《こ》のおじいさんもおばあさんも親戚《しんせき》の人達《ひとたち》も、みんな……大人《おとな》でもこんなに泣《な》くんだって驚《おどろ》くくらい、泣《な》いて……怖《こわ》くなった」

悲《かな》しみが激流《げきりゅう》になって、その子《こ》の家族《かぞく》を、親族《しんぞく》を、その子《こ》を愛《あい》してきた人達《ひとたち》みんなを、絶望《ぜつぼう》に押《お》し流《なが》している。

「……いじめのリーダーが、最初《さいしょ》にお焼香《しょうこう》をしようとしたの。そうしたら、その子《こ》のお母《かあ》さんが、リーダーを突《つ》き飛《と》ばして」

叫《さけ》んだ。

『あんたが、殺《ころ》したんだ！』と。

『里奈子《りなこ》を、あんたが殺《ころ》したんだ‼』と。

そうだ、その子《こ》は、里奈子《りなこ》という名前《なまえ》だった。里奈子《りなこ》という、こんなにもたくさんの人《ひと》に愛《あい》されて生《い》きてきた、一人《ひとり》の女《おんな》の子《こ》だったのだ。クジラなんかじゃなかった。野獣《やじゅう》なんかじゃ、みんなにバカにされて、笑《わら》われるような子《こ》じゃ、なかった。

「そして、私達《わたしたち》も言《い》われたの。あんた達《たち》も、里奈子《りなこ》を殺《ころ》したって。どうして、止《と》めてくれなかった、『大丈夫《だいじょうぶ》？』という一言《ひとこと》を、どうして誰《だれ》も、里奈子《りなこ》に言《い》ってくれなかった、って」

いじめられても、誰《だれ》か一人《ひとり》が味方《みかた》になってくれていたら。味方《みかた》になれなくても、心《こころ》を寄《よ》せてくれていたら。里奈子《りなこ》の苦《くる》しみを分《わ》かち合《あ》ってくれる人《ひと》が一人《ひとり》でもいたら。

里奈子《りなこ》は、死《し》ななかった。

「……ママ達《たち》も、里奈子《りなこ》を殺《ころ》したのよ」

母《はは》の頬《ほお》を、幾筋《いくすじ》も涙《なみだ》が伝《つた》う。凛花《りんか》はそんな母《はは》の手《て》に、自分《じぶん》の手《て》をのせた。

「違《ちが》うよ。そんなこと、ないよ」

「勇気《ゆうき》がなかったから。空気《くうき》を壊《こわ》すのが、怖《こわ》かった。火《ひ》の粉《こ》が掛《か》かるのが、怖《こわ》かった。そんなつまらないことで、一人《ひとり》の子《こ》の命《いのち》を奪《うば》って、あんなにたくさんの人《ひと》を悲《かな》しませた」

今《いま》でも、夢《ゆめ》に見《み》る。沢山《たくさん》の人《ひと》が泣《な》いている。見《み》ているだけで苦《くる》しくなる。ごめんなさいと、何度《なんど》も言《い》っても、誰《だれ》も何《なに》も言《い》ってくれない。ただただ、絶望《ぜつぼう》に打《う》ちひしがれて泣《な》き崩《くず》れている。それを見《み》ながら、自分《じぶん》も絶望《ぜつぼう》する。許《ゆる》してもらえるはずがない。許《ゆる》されることじゃ、ない。自分《じぶん》がしたことは。

「ずっと、ずっと……きっと一生《いっしょう》、この苦《くる》しみは続《つづ》くの、きっと。ううん、苦《くる》しみなんて、言《い》っちゃいけない。ママはこんな気持《きも》ちになっても、生《い》きてるんだもの。里奈子《りなこ》は、もう何《なに》も感《かん》じられない。里奈子《りなこ》の未来《みらい》を奪《うば》ったママは、この気持《きも》ちを背負《せお》ってしか、生《い》きていくことが許《ゆる》されないのよ」

母《はは》は、凛花《りんか》に目《め》を戻《もど》した。そうして、凛花《りんか》の手《て》を強《つよ》く握《にぎ》りしめた。

「あなたには、こんな思《おも》いをさせたくないの。凛花《りんか》。決《けっ》して、いじめを放《ほう》っておいては、だめ。それはいじめられている子《こ》のためにもならないし、助《たす》けなかったことは必《かなら》ず大《おお》きな傷《きず》になって、凛花《りんか》が一生苦《いっしょうくる》しむことになるの。ママの、ように」

凛花《りんか》は、母《はは》の目《め》に映《うつ》る自分《じぶん》の姿《すがた》を見《み》つめた。ずっといじめを見《み》てきて、悩《なや》んでいた自分《じぶん》。動《うご》き出《だ》せなかった自分《じぶん》。

今《いま》、背中《せなか》を押《お》された。

「……うん」

凛花《りんか》ははっきりと言《い》って、母《はは》の手《て》を握《にぎ》り返《かえ》した。

「あたし、頑張《がんば》ってみる。明日《あした》から、またいじめられてるとことか見《み》たら、止《と》める」

ずっと、そうしたかったのだ。心《こころ》の奥底《おくそこ》では。でも、しちゃいけない気《き》がしていた。和《わ》を乱《みだ》すことになって、いけないと思《おも》っていた。

でも、そんな和《わ》は、乱《みだ》していい。乱《みだ》さなくては、いけないんだ。

強《つよ》い瞳《ひとみ》でそう言《い》って笑顔《えがお》を見《み》せる。

「大丈夫《だいじょうぶ》、ママ。あたしが、ママがしたかったようにするよ。だから、ママも苦《くる》しまないで」

「凛花《りんか》」

母《はは》は、ギュッと凛花《りんか》を抱《だ》きしめた。

「大丈夫《だいじょうぶ》。大丈夫《だいじょうぶ》だよ」

凛花《りんか》も、母《はは》を強《つよ》く抱《だ》きしめた。

母《はは》の中《なか》のノンを、強《つよ》く、強《つよ》く抱《だ》きしめた。

あたし、頑張《がんば》るから。

絶対《ぜったい》、いじめを止《と》めてみせるから。

絶対《ぜったい》。

五

翌日《よくじつ》。

登校時間《とうこうじかん》の昇降口《しょうこうぐち》は、いつもの通《とお》りの賑《にぎ》わいを見《み》せていた。

大声《おおごえ》で喋《しゃべ》る生徒《せいと》、走《はし》る生徒《せいと》、笑《わら》う生徒《せいと》……。いじめのことで追《お》い詰《つ》められた生徒《せいと》がいるとは全《まった》く分《わ》からない、いつも通《どお》りの朝《あさ》。そんな中《なか》、凛花《りんか》は、緊張《きんちょう》していた。

今日《きょう》から、いつもと違《ちが》う自分《じぶん》なのだ。

そう思《おも》うと、なぜだかドキドキしてくる。手足《てあし》がうまく動《うご》かなくて、手《て》にした上履《うわば》きを取《と》り落《お》とした。

「あ」

「どうしたのー？　大丈夫《だいじょうぶ》ー？」

後《うし》ろから伸《の》びた手《て》が、凛花《りんか》の上履《うわば》きを拾《ひろ》いあげてくれた。亜依《あい》だ。

凛花《りんか》はドキリとして一層心《いっそうこころ》に緊張《きんちょう》が走《はし》ったが、それは表《おもて》に出《だ》さずに笑《え》みを浮《う》かべた。亜《あ》依《い》を見《み》たらほほ笑《え》む……もう習慣《しゅうかん》になっている。

「ありがと。なんか、手《て》が滑《すべ》って」

「凛花《りんか》、お母《かあ》さんから、なんか言《い》われた？　昨日《きのう》のことで」

一緒《いっしょ》に上履《うわば》きに履《は》き替《か》えながら、亜依《あい》は声《こえ》を潜《ひそ》めるようにして言《い》った。

いじめをしてはいけない、見過《みす》ごしても、いけない……。そう、言《い》われた。そう、言《い》わなきゃ。

そう思《おも》っても、言葉《ことば》は喉《のど》の奥《おく》にこびりついたように、出《で》てこない。

「う、うん……少《すこ》し」

少《すこ》しじゃない、いっぱい話《はな》したのに。いじめで他人《たにん》を傷《きず》つけたら、一生後悔《いっしょうこうかい》するって、ママ泣《な》いていたのに。それを一番伝《いちばんつた》えなきゃいけないのは、隣《となり》で歩《ある》いている、亜依《あい》なのに。

凛花《りんか》の心《こころ》は叫《さけ》びでいっぱいなのに、表《おもて》に出《で》るのは、曖昧《あいまい》な薄笑《うすわら》いだけだ。

あたし、いくじなしのままだ。凛花《りんか》が自分《じぶん》に絶望《ぜつぼう》する傍《かたわ》らで、亜依《あい》はいつもと違《ちが》う強張《こわば》った表情《ひょうじょう》を見《み》せた。

「うちさ、すごい追及《ついきゅう》されたよ。関取《せきとり》の親《おや》、被害妄想《ひがいもうそう》なんじゃね？　あることないこと、みんなの前《まえ》でまくし立《た》てたらしい。で、うちらのグループが完全《かんぜん》に悪者《わるもの》にされたらしいわ」

あることないことではなく、されたこと全《すべ》て語《かた》ったのだろう。亜依《あい》の中《なか》では、自分《じぶん》がしたことをかなり軽《かる》く見積《みつ》もっているに違《ちが》いない。亜依《あい》は面倒《めんどう》くさそうにため息《いき》をついた。

「まあ、うちのババアも一応親《いちおうおや》だからさ。あたしのこと庇《かば》って、相当大喧嘩《そうとうおおげんか》してくれたらしいわ。『うちの子《こ》はそんなことしない』とか、『されたあんたの子《こ》に問題《もんだい》があったんじゃないか』とかさ。帰《かえ》ってからいろいろ聞《き》かれて、『あいつが迷惑《めいわく》なことばかりするから』って言《い》ったら、納得《なっとく》してたわ。関取《せきとり》、親《おや》も鈍《どん》くさそうなデブなんだって。あの親《おや》にして、この子《こ》ありって、ババア言《い》ってた」

そう言《い》って笑《わら》うと、亜依《あい》はふと真面目《まじめ》な目《め》を凛花《りんか》に向《む》けた。

「でさ。凛花《りんか》のママは、なんか言《い》ってた？　あたしのこと」

「亜依《あい》のこと？」

「うん。いじめの主犯《しゅはん》なんて言《い》われてさ。ババアが庇《かば》って、それはなしの方向《ほうこう》に持《も》ってってたらしいけど、凛花《りんか》のママにイヤなイメージ持《も》たれたら、ちょっとやだなって」

そういうことか。『ロリポップ』の編集《へんしゅう》である凛花《りんか》の母《はは》に嫌《きら》われたら、今《いま》まで受《う》けていた恩恵《おんけい》が受《う》けられなくなるのではないか……それを、恐《おそ》れているのだ。この、クラスの女《じょ》王様《おうさま》は。

いじめをする子《こ》は、うちのママ嫌《きら》いだよ。

そう、言《い》うべきなのだ。凛花《りんか》は、今《いま》。

なのに、微笑《ほほえ》みと共《とも》に口《くち》から出《で》た言葉《ことば》は、

「ううん。なんにも、言《い》ってなかったよ」

情《なさ》けない。どこまでいくじなしなんだ、あたしは。心《こころ》の中《なか》で地団駄《じだんだ》を踏《ふ》む凛花《りんか》の隣《となり》で、亜依《あい》が安心《あんしん》したようにニッコリと笑《え》みを見《み》せた。

「マジ？　あー、良《よ》かったー！」

その笑《え》みを見《み》て、思《おも》わずホッとする凛花《りんか》がいる。

気《き》がついて、暗《くら》い気持《きも》ちになった。亜依《あい》は、凛花《りんか》の中《なか》で、半端《はんぱ》なく恐《おそ》れ多《おお》い存在《そんざい》なのだ。

言《い》えるだろうか。また萌音《もえ》がいじめられた時《とき》「やめなよ」と。萌音《もえ》に、「大丈夫《だいじょうぶ》？」と。

亜依《あい》が見《み》ている前《まえ》で、本当《ほんとう》に動《うご》けるのだろうか。

そう思《おも》ってごくりと飲《の》み込《こ》む息《いき》が、重《おも》く、固《かた》い。

変《か》わるのは、自分《じぶん》が思《おも》っているより、ずっと難《むずか》しいことなのかもしれない。

「それにしてもさ、関取《せきとり》のヤツ、どうしてくれよう？　マジ腹立《はらた》つわ、うちら悪者《わるもの》にしてさ」

亜依《あい》が低《ひく》い声《こえ》で言《い》い、凜花《りんか》は教室《きょうしつ》に向《む》かう足《あし》が、ひどく重《おも》くなった。

始業《しぎょう》の予鈴《よれい》のチャイムが鳴《な》る。

後藤《ごとう》に備《そな》えて、ガタガタと生徒達《せいとたち》が自分《じぶん》の席《せき》に着《つ》く。そんな中《なか》、萌音《もえ》の席《せき》だけ、空《あ》いたままだった。

「関取《せきとり》、休《やす》みかよ」

「締《し》めてやろうと思《おも》ったのに」

そう言《い》ったのは、ゴボウだった。萌音《もえ》に対《たい》するいじめはゴボウがやったことが多《おお》く、実際《じっさい》名指《なざ》しで責《せ》められたのはゴボウで、相当親《そうとうおや》に怒《おこ》られたらしい。

ゴボウの言葉《ことば》に亜依達《あいたち》が笑《わら》った時《とき》、後藤《ごとう》が入《はい》ってきた。

静《しず》まり返《かえ》った教室《きょうしつ》を満足気《まんぞくげ》に見渡《みわた》し、出席簿《しゅっせきぼ》を開《ひら》く。出席簿《しゅっせきぼ》に目《め》を落《お》としたまま、後藤《ごとう》は言《い》った。

「出席《しゅっせき》を取《と》る前《まえ》に、報告《ほうこく》があります。安藤萌音《あんどうもえ》さんは、転校《てんこう》することになりました」

クラスの空気《くうき》が、ザワリと動《うご》いた。

転校《てんこう》。萌音《もえ》が。

「昨日開《きのうひら》かれた緊急保護者会《きんきゅうほごしゃかい》で、安藤《あんどう》さんを巡《めぐ》るクラスでのトラブルが話《はな》し合《あ》われました。そこで出《だ》された結論《けつろん》から、安藤《あんどう》さんがこれ以上《いじょう》このクラスにいることは危険《きけん》がある、と、ご両親《りょうしん》が判断《はんだん》されたそうです。皆《みな》さんは、これがどういうことか、分《わ》かりますね？」

後藤《ごとう》の声《こえ》が、低《ひく》く響《ひび》き渡《わた》る。

「私《わたし》は、皆《みな》さんを信《しん》じています」

それを締《し》めくくりにし、後藤《ごとう》は出席《しゅっせき》をとり始《はじ》めた。

後藤《ごとう》の読《よ》み上《あ》げる名前《なまえ》に、生徒達《せいとたち》が答《こた》えていく。それを聞《き》きながら、凛花《りんか》は肩《かた》に乗《の》っていた重《おも》い荷物《にもつ》をやっと下《お》ろせたような、安心感《あんしんかん》に包《つつ》まれていた。

これで、いじめがなくなる。

あの苦《くる》しい感《かん》じから、やっと解放《かいほう》されたのだ。

その時凛花《ときりんか》は、一番大《いちばんおお》きなことを、忘《わす》れていた。

穏《おだ》やかに、時間《じかん》が過《す》ぎた。誰《だれ》かが泣《な》くこともなく、誰《だれ》かがヒステリックに笑《わら》うこともなく、心《こころ》の痛《いた》みなど少《すこ》しも感《かん》じないですんで、昼食時間《ちゅうしょくじかん》に入《はい》った。楽《たの》しそうなお喋《しゃべ》りや笑《わら》い声《ごえ》を交《か》わしながら、各々《おのおの》お弁当《べんとう》を囲《かこ》むために机《つくえ》を合《あ》わせていく。

「ねえねえ、凛花《りんか》。『ロリポップ』の〈JC《ジェーシー》の花《はな》マルナビ〉のページに載《の》ってたボディバッグ、売《う》ってんのやっぱ原宿《はらじゅく》？」

凛花《りんか》の隣《となり》に机《つくえ》を運《はこ》びながら、亜依《あい》が話《はな》しかけてきた。〈JC《ジェーシー》の花《はな》マルナビ〉は、これから流行《はや》りそうな物《もの》を紹介《しょうかい》するコーナーだ。凛花《りんか》は掲載《けいさい》されていたものを思《おも》い出《だ》そうと首《くび》をかしげた。

「うーん、わかんない。ママに聞《き》いてみるよ」

「サンキュー！　あれの迷彩《めいさい》の方《ほう》、ピンクと茶色《ちゃいろ》の。可愛《かわい》かった！　絶対《ぜったい》、欲《ほ》しい！」

「だよね、あたしもそう思《おも》った！」

「あたしも！」

優奈《ゆうな》と玖美《くみ》も亜依《あい》の話《はなし》に乗《の》り、キャーと楽《たの》しそうに笑《わら》い声《ごえ》を上《あ》げる。そんな友人達《ゆうじんたち》を、凛花《りんか》は穏《おだ》やかな気持《きも》ちで見《み》つめた。

やっぱり、こういう方《ほう》がいい。泣《な》いてる顔《かお》や苦《くる》しんでる顔《かお》を見《み》るより、みんなで好《す》きな物《もの》で盛《も》り上《あ》がって、笑《わら》い合《あ》ってる、これがいい。

「ねえねえ、原宿《はらじゅく》だったら、今度《こんど》みんなで行《い》かない？」

「いいね、行《い》こう行《い》こう！」

一気《いっき》にみんなの気持《きも》ちが高《たか》まる。それに合《あ》わせて、

「じゃあ、今晩《こんばん》ママが帰《かえ》ってきたらすぐ聞《き》いて、みんなに連絡《れんらく》するね」

凛花《りんか》のその言葉《ことば》に、一層《いっそう》みんなの顔《かお》が輝《かがや》く。

「やった、楽《たの》しみ！」

「何着《なにき》て行《い》こう」

「ママにお小遣《こづか》いもらっちゃおー！」

ゴボウが両手《りょうて》を胸《むね》に当《あ》てて、いかにも楽《たの》しみなふうに言《い》った。その時《とき》、それまでキャッ

チボールのようにポンポンと行《ゆ》き交《か》っていた会話《かいわ》が、切《き》れた。ゴボウの言葉《ことば》が、会話《かいわ》の流《なが》れを断《た》ち切《き》ったようになった。

「……あれ？」

明《あき》らかに、自分《じぶん》の言葉《ことば》が雰囲気《ふんいき》に合《あ》わなかった。そう気《き》づいたゴボウが、戸惑《とまど》ったようにキョロキョロと友達《ともだち》を見《み》る。すると杏奈《あんな》が、亜依《あい》に耳打《みみう》ちした。

「……なんか今《いま》、変《へん》な声《こえ》聞《き》こえなかった？」

低《ひく》い、でもその場《ば》にいる人間《にんげん》には聞《き》こえるくらい、はっきりと。ゴボウはそれを聞《き》いて、息《いき》を飲《の》んだ。目《め》に怯《おび》えが走《はし》る。その様子《ようす》に凛花《りんか》もハッとした。頭《あたま》によみがえる、イヤな、イヤな感覚《かんかく》。

肌感覚《はだかんかく》くらいだったそれがリアルになったのは、杏奈《あんな》に耳打《みみう》ちされた亜依《あい》の目《め》だった。

楽《たの》しい話題《わだい》で輝《かがや》いていた目《め》が、氷点下《ひょうてんか》の光《ひかり》を帯《お》びる。きれいな弧《こ》を描《えが》いたにこやかな口《くち》元《もと》が、動《うご》いた。

「……気《き》のせいじゃない？　あたし、なんにも聞《き》こえなかった」

そう言《い》って、亜依《あい》は凛花《りんか》の隣《となり》に机《つくえ》をくっつけ、「さ、お弁当《べんとう》食《た》べよー！」と笑《わら》った。

みんなもそれにならって、凛花《りんか》を囲《かこ》むように机《つくえ》をつけてお弁当《べんとう》を広《ひろ》げ始《はじ》める。

ゴボウの入《はい》るスペースは、なかった。行《ゆ》き場《ば》を失《うしな》ったゴボウは、お弁当《べんとう》を持《も》ったまま立《た》ち尽《つ》くしている。赤《あか》いバンダナに包《つつ》まれた、小《ちい》さな二段《にだん》のお弁当《べんとう》。凛花《りんか》の母《はは》と同《おな》じように、きっとゴボウのお母《かあ》さんも早起《はやお》きして、ゴボウの好物《こうぶつ》と栄養《えいよう》のあるものを組《く》み合《あ》わせて作《つく》ってくれた、お弁当《べんとう》。大好《だいす》きな、大切《たいせつ》な娘《むすめ》に作《つく》った、お弁当《べんとう》。

そんなお弁当《べんとう》を持《も》って立《た》ち尽《つ》くすゴボウの姿《すがた》を見《み》て、凛花《りんか》は胸《むね》がギュウッと痛《いた》んだ。

入《い》れてあげようよ。

今度《こんど》こそ、言《い》おう。そう思《おも》って凛花《りんか》が口《くち》を開《ひら》いた時《とき》、奏楽《そら》が小《ちい》さい紙袋《かみぶくろ》をスクールバッグから取《と》り出《だ》した。

「あたし、デザート作《つく》ってきた！」

そう言《い》って奏楽《そら》は、可愛《かわい》くデコレーションしたカップケーキを、それぞれに配《くば》り始《はじ》めた。

「奏楽《そら》が作《つく》ったの？　すごーい！」

「おいしそう！」

口々《くちぐち》にそう言《い》うと、デザートと言《い》われているのに、お弁当《べんとう》を食《た》べる前《まえ》にそちらの方《ほう》を食《た》べていく。凛花《りんか》はありがたく受《う》け取《と》りながらも、それを口《くち》にする気持《きも》ちになれなかった。周囲《しゅうい》のクラスメートがうらやましそうに見《み》ているのもあるが、立《た》ち尽《つ》くしているゴボウが気《き》になって仕方《しかた》がなかった。

「ヤバ、これヤバすぎだよ、奏楽《そら》！」

「マジウマ！」

亜依達《あいたち》が声《こえ》を上《あ》げて喜《よろこ》ぶ。そして袋《ふくろ》の中《なか》を見《み》て、

「あれ、まだ一個《いっこ》残《のこ》ってんじゃん」

一個《いっこ》だけ残《のこ》ったカップケーキを、亜依《あい》が取《と》り出《だ》した。グループは七人《しちにん》。座《すわ》って食《た》べているのは六人《ろくにん》。残《のこ》った一個《いっこ》は、立《た》ち尽《つ》くしているゴボウの分《ぶん》だ。

「どうする、これ？」

「みんなで分《わ》けよっか？」

亜依達《あいたち》が笑《わら》いながら相談《そうだん》する。凛花《りんか》も笑顔《えがお》で参加《さんか》しながら、心《こころ》の奥底《おくそこ》では「それ、ゴボウにあげようよ」と叫《さけ》び続《つづ》けていた。

しかし、ゴボウは何《なに》も言《い》わず、グループの傍《かたわ》らで立《た》ち続《つづ》けている。待《ま》っているのだ。亜《あ》

依《い》が、「なんちゃって。はい、これゴボウの分《ぶん》」と、笑顔《えがお》で手渡《てわた》してくれるのを。「ここ、座《すわ》んなよ」と、席《せき》を空《あ》けてくれるのを。

だって、ゴボウは亜依《あい》の友達《ともだち》で、このグループの一員《いちいん》だから。

いじめが萌音《もえ》に移《うつ》った時《とき》は、ゴボウも他《ほか》の友達《ともだち》と同《おな》じように、みんなと一緒《いっしょ》にいられたのだ。

自分《じぶん》の代《か》わりに、萌音《もえ》が堕《お》ちてくれた地獄《じごく》。助《たす》かったと思《おも》ったのに、萌音《もえ》はいなくなってしまった。そして再《ふたた》び、ゴボウは墜《お》ちた。

誰《だれ》かが堕《お》ちていないと、世界《せかい》が成《な》り立《た》たないのだ。ここにある、地獄《じごく》は。

辛《つら》そうに歪《ゆが》むゴボウの顔《かお》。

楽《たの》しそうに笑《わら》い合《あ》う亜依達《あいたち》。

以前《いぜん》と同《おな》じ、このグループの在《あ》り方《かた》。

『いじめを、放《ほう》っておいてはダメ』

母《はは》の言葉《ことば》が、心《こころ》によみがえる。

そう。

みんな笑《わら》っているけど、面白《おもしろ》い遊《あそ》びみたいだけど。

これは、いじめだ。

「あ、そうだ！　犬《いぬ》にあげようよ」

素敵《すてき》なことを思《おも》いついたように、亜依《あい》が手《て》を叩《たた》いた。

「犬《いぬ》？」

玖美《くみ》が聞《き》き返《かえ》すと、亜依《あい》はおもむろに、その笑顔《えがお》をゴボウに向《む》けた。

亜依《あい》と目《め》が合《あ》った瞬間《しゅんかん》、ゴボウは急《いそ》いで四《よ》つん這《ば》いになり、「ワン！」と、犬《いぬ》の鳴《な》きまねをしてみせた。

亜依《あい》の期待《きたい》に応《こた》えるように。亜依《あい》の笑顔《えがお》に応《こた》えるために。それがゴボウにとって、このグループにいられる唯一《ゆいいつ》の意味《いみ》だから。

「ワン、ワン！」

ゴボウは舌《した》まで出《だ》して、懸命《けんめい》に犬《いぬ》のまねをする。しかし、ゴボウの熱演《ねつえん》もむなしく、亜《あ》依《い》の顔《かお》から笑顔《えがお》が消《き》えた。玖美《くみ》も、杏奈《あんな》も、優奈《ゆうな》も、奏楽《そら》も、そしてクラスの誰《だれ》も、笑《わら》わない。重《おも》い空気《くうき》さえ立《た》ち込《こ》めてきたのを感《かん》じ、なんとか笑《わら》いをとろうとして、ゴボウは四《よ》つん這《ば》いのままクルクルと回《まわ》り始《はじ》めた。

「ワン、ワン、ワン！」

一層大《いっそうおお》きな声《こえ》で鳴《な》きまねをする。すると亜依《あい》は、そんなゴボウの脇腹《わきばら》を強《つよ》く蹴《け》り上《あ》げた。

「うるさい！」

亜依《あい》の鋭《するど》い怒声《どせい》が、教室《きょうしつ》に響《ひび》き渡《わた》る。クラス中《じゅう》がすくみ上《あ》がる中《なか》、ゴボウが苦《くる》しそうなうめき声《ごえ》を上《あ》げた。脇腹《わきばら》をかかえてうずくまるゴボウに、亜依《あい》はまた蹴《け》りを入《い》れて怒鳴《どな》りつけた。

「あんた、よく平気《へいき》な顔《かお》してここにいられるね⁉　あんたにいじめられて転校《てんこう》までさせられた子《こ》がいるっていうのに、罪《つみ》の意識《いしき》とか、感《かん》じてないわけ⁉」

そう言《い》い放《はな》った亜依《あい》の口元《くちもと》が、ニヤリと歪《ゆが》む。それを見《み》た玖美《くみ》や優奈達《ゆうなたち》も、ゴボウを蹴《け》りつけ出《だ》した。

「ホント、あんたってサイテーね！」

「自分《じぶん》を庇《かば》ってくれた子《こ》をいじめるなんて、人間《にんげん》じゃないよ、あんた！」

ドス、ドス、と、蹴《け》りつける音《おと》が鈍《にぶ》く響《ひび》く。蹴《け》られ続《つづ》けながら、ゴボウは、ごめんなさい、ごめんなさいと、何度《なんど》も言《い》った。それを聞《き》きながら、亜依達《あいたち》は笑《わら》っている。ゴボウの分《ぶん》のカップケーキはいつの間《ま》にか床《ゆか》に落《お》ち、誰《だれ》かに踏《ふ》みつけられて原形《げんけい》をとどめていなかった。それを玖美《くみ》が拾《ひろ》い上《あ》げ、ゴボウの口元《くちもと》に押《お》し付《つ》ける。

「ほら、食《く》いな！」

無理《むり》やり口《くち》に押《お》し込《こ》まれ、ゴボウがせき込《こ》む。床《ゆか》にボロボロと落《お》ちたカップケーキの残骸《ざんがい》を、しつこく玖美《くみ》がゴボウの口《くち》に入《い》れようとする。

「あんた犬《いぬ》でしょう？　ちゃんと食《た》べなよ‼　ほら、床《ゆか》もなめな！　あんたにはもったいないくらい、人間様《にんげんさま》の美味《おい》しいカップケーキだよ！」

その様子《ようす》を見《み》て、亜依《あい》が大笑《おおわら》いする。楽《たの》しくて楽《たの》しくて仕方《しかた》がないといった様子《ようす》で、お腹《なか》を抱《かか》えて笑《わら》っている。

凛花《りんか》は、体中《からだじゅう》が震《ふる》えてきた。

笑《わら》っている亜依達《あいたち》を取《と》り囲《かこ》むクラスは、シンと静《しず》まり返《かえ》っている。みんな、ゴボウの方《ほう》を見《み》ないようにしている。まるでそこで行《おこな》われている出来事《できごと》が、テレビの中《なか》でやっているバラエティ番組《ばんぐみ》か何《なに》かであるように。親《おや》から怒《おこ》られるのが怖《こわ》くて、横目《よこめ》で様子《ようす》を窺《うかが》うだけにしている、食事中《しょくじちゅう》のテレビのように。

下手《へた》に関《かか》わって、女王様《じょおうさま》の逆鱗《げきりん》にふれるのを恐《おそ》れているのだ。

これは遊《あそ》び、亜依達《あいたち》のグループの遊《あそ》びだと、自分達《じぶんたち》に言《い》い聞《き》かせて。

凛花《りんか》は、震《ふる》える手《て》を握《にぎ》りしめた。そして、言《い》い聞《き》かせた。

違《ちが》う。これは、遊《あそ》びじゃない。こんなの、こんなに痛《いた》そうな、苦《くる》しそうな顔《かお》をさせられていること、遊《あそ》びなんかじゃない。

これは、いじめ。

『いじめを放《ほう》っておいては、ダメ』

ゴボウは蹴《け》られ続《つづ》けている。床《ゆか》に落《お》ちたケーキを唾液混《だえきま》じりに顔中《かおじゅう》につけて、咳《せ》き込《こ》みながら謝《あやま》っている。謝《あやま》っているのに、蹴《け》られ続《つづ》けている。

ダメだ、こんなの。

今《いま》、言《い》わないと。

今《いま》。

「……やめ、よう」

声《こえ》が震《ふる》えた。掠《かす》れてもいた。でも、はっきりと、言葉《ことば》になった。

「凜花《りんか》？」

笑《わら》っていた亜依《あい》が、凜花《りんか》の方《ほう》に目《め》を向《む》けた。他《ほか》のみんなも、ゴボウを蹴《け》る足《あし》を止《と》めて凜《りん》花《か》を見《み》た。ガクガクと、体中《からだじゅう》の震《ふる》えが止《と》まらない。席《せき》を立《た》ち歩《ある》こうとしたが、半分転《はんぶんころ》がるように、凜花《りんか》はゴボウの方《ほう》に寄《よ》った。そしてゴボウの肩《かた》に手《て》を当《あ》てて、その目《め》を覗《のぞ》き込《こ》んだ。

「……大丈夫《だいじょうぶ》？」

ゴボウが目《め》を見開《みひら》いて凜花《りんか》を見《み》つめる。そこに映《うつ》る自分自身《じぶんじしん》を見《み》て、凜花《りんか》は段々《だんだん》と怖《こわ》くてたまらなくなってきた。

ドクドクと心臓《しんぞう》が体中《からだじゅう》を揺《ゆ》らす。それを押《お》しとどめるように、凜花《りんか》は強《つよ》く目《め》をつぶった。ゴボウを取《と》り囲《かこ》んでいた友人達《ゆうじんたち》が動《うご》く気配《けはい》を感《かん》じる。金縛《かなしば》りにあったように、凜花《りんか》は体《からだ》が動《うご》かない。

怖《こわ》い。怖《こわ》くて怖《こわ》くて、たまらない。なぜだか分《わ》からないけど、ごめんなさいと謝《あやま》りたくなった。許《ゆる》してほしかった。この緊張《きんちょう》、この恐怖《きょうふ》から。

「……オッケ、もうやめよ」

乾《かわ》いた明《あか》るい声《こえ》が凛花《りんか》の耳《みみ》に入《はい》った。目《め》を開《あ》けて見上《みあ》げると、亜依《あい》の笑顔《えがお》が目《め》に入《はい》った。

「凛花《りんか》が言《い》うならさ」

そう言《い》うと、亜依《あい》はお弁当箱《べんとうばこ》がそのままになっている席《せき》に戻《もど》り、「さ、食《た》べよ！ 急《いそ》がないと、昼休《ひるやす》み終《お》わっちゃう！」と、お箸《はし》を取《と》り出《だ》した。それにならうように、玖美達《くみたち》も席《せき》に着《つ》いてお弁当《べんとう》を広《ひろ》げ出《だ》した。みんな、いつもと変《か》わらない様子《ようす》でお喋《しゃべ》りを始《はじ》めた。それにつられるように、張《は》りつめていたクラス中《じゅう》の空気《くうき》も緩《ゆる》み、いつもの昼休《ひるやす》みの活気《かっき》が戻《もど》ってきた。

凛花《りんか》は、驚《おどろ》いていた。

凛花《りんか》のたった一言《ひとこと》で、教室《きょうしつ》が変《か》わったのだ。

いじめを、止《と》められた。

今《いま》まで体中《からだじゅう》を強張《こわば》らせていた恐怖《きょうふ》が抜《ぬ》けていき、体《からだ》がぐらりと傾《かたむ》く。

本当《ほんとう》に……？

まだ指先《ゆびさき》に残《のこ》る震《ふる》えが、現実味《げんじつみ》のなさを感《かん》じさせる。しかし、凛花《りんか》の足元《あしもと》から、ゴボウがゆっくりと立《た》ち上《あ》がった。そうして、汚《よご》れた制服《せいふく》を、やはり汚《よご》れた手《て》ではたいた。そんなゴボウに、亜依《あい》が声《こえ》をかけた。

「ゴボウも、食《た》べよ」

亜依《あい》の口元《くちもと》には、笑顔《えがお》すら浮《う》かんでいる。それを見《み》て、凛花《りんか》はやっと実感《じっかん》した。止《と》めた。止《と》められたのだ。

あたしは、いじめを止《と》められたのだ。

「凛花《りんか》も、早《はや》く食《た》べよ！ それでさ、さっきの原宿行《はらじゅくい》きの計画《けいかく》、立《た》てようよ！」

ゴボウをいじめる前《まえ》に、時間《じかん》が戻《もど》ったようだ。みんなお弁当《べんとう》を広《ひろ》げ、ゴボウも凛花《りんか》と奏楽《そら》の間《あいだ》に椅子《いす》を持《も》ってきて座《すわ》っている。何事《なにごと》も、なかったかのように。

凛花《りんか》は心《こころ》の底《そこ》から安心《あんしん》した。そして、心《こころ》の底《そこ》から嬉《うれ》しくなった。怖《こわ》かったけど、勇気《ゆうき》を出《だ》してよかった。

「やっぱり、竹下通《たけしたどお》りから行《い》く？」

「あたし、綿菓子《わたがし》食《た》べたい！ あの、UFO《ユーフォー》みたいな形《かたち》のやつ！」

みんなが笑《わら》っている。ゴボウも、生傷《なまきず》が痛々《いたいた》しい手《て》で箸《はし》を扱《あつか》いながらも、楽《たの》しそうに会《かい》話《わ》に加《くわ》わっている。なんだか、空気《くうき》がキラキラしているように見《み》える。今《いま》まで感《かん》じていた居心地《いごこち》の悪《わる》さがきれいに消《き》え失《う》せ、代《か》わりに穏《おだ》やかで朗《ほが》らかな温《あたた》かさが満《み》ちているようだ。

みんなと笑《わら》いながら、楽《たの》しい、と、凜花《りんか》は感《かん》じていた。

ママに、なんて伝《つた》えよう。

あたし、勇気出《ゆうきだ》したよ。いじめ、止《と》められたんだよ。

今《いま》、みんなで笑《わら》って、すごく楽《たの》しくて、幸《しあわ》せだよ。

凜花《りんか》は自分《じぶん》の部屋《へや》の窓《まど》から外《そと》を覗《のぞ》いた。

「ママ、遅《おそ》いなあ……」

カーテンを閉《し》めながら、凜花《りんか》は一人《ひとり》呟《つぶや》いた。

今日《きょう》も母《はは》は遅《おそ》い。いつも以上《いじょう》に。もう日付《ひづけ》が変《か》わる時刻《じこく》だというのに、まだ帰《かえ》ってこないのだ。本当《ほんとう》ならもうとっくに寝《ね》ている時間《じかん》だが、今日《きょう》は母《はは》に話《はな》したいことがたくさんありすぎて、眠《ねむ》れない。凜花《りんか》はベッドに横《よこ》たわり、『ロリポップ』を広《ひろ》げた。〈JC《ジェーシー》花《はな》マルナビ〉のページに載《の》っている、ボディバッグ……亜依《あい》の欲《ほ》しがっている、ピンクと茶色《ちゃいろ》の迷《めい》彩柄《さいがら》。亜依《あい》が嫌《きら》いなモデルが、ポーズをつけて笑顔《えがお》で持《も》っている。

『ロリポップ』のモデルはとても自立《じりつ》している子《こ》が多《おお》いと、いつだったか母《はは》が言《い》っていたのを思《おも》い出《だ》した。みんな自分《じぶん》に高《たか》いプライドを持《も》っていて、だから他《ほか》の子《こ》の頑張《がんば》りも認《みと》められる。他《ほか》の子《こ》の頑張《がんば》りを見《み》て、もっと自分《じぶん》を高《たか》めようと努力《どりょく》する。そういう子達《こたち》だから、みんなすごく仲《なか》がいいのよ、と。

肩《かた》を組《く》んで笑《わら》い合《あ》っているモデルの子達《こたち》を見《み》て、凜花《りんか》はぼんやりと、いいなあ、と思《おも》った。

こういうふうに、なれたらいいな。

あたし達《たち》も、こんなふうに……認《みと》め合《あ》って、高《たか》め合《あ》って、そういう友達《ともだち》に、あたし達《たち》もなれたら。

そう思《おも》ってページを見《み》つめていたら、下《した》からタクシーの停《と》まる音《おと》が聞《き》こえた。急《いそ》いで窓《まど》の外《そと》を覗《のぞ》くと、タクシーから降《お》りてくる母《はは》の姿《すがた》が見《み》えた。

帰《かえ》ってきた……！

凜花《りんか》は急《いそ》いで玄関《げんかん》へと降《お》りていった。バタバタと大《おお》きな足音《あしおと》に、玄関《げんかん》で靴《くつ》を脱《ぬ》ぐ母《はは》が驚《おどろ》いた顔《かお》を見《み》せた。

「あらやだ。凜花《りんか》、まだ起《お》きてたの？　もう十二時《じゅうにじ》過《す》ぎてるわよ」

「うん！　あのね、ママに話《はな》したいことがいっぱいあるの！　あのね、今日《きょう》ね……」

「ごめん、凜花《りんか》。明日《あした》にしてくれる？」

母《はは》に飛《と》びつきそうな勢《いきお》いで話《はな》し続《つづ》けようとする凜花《りんか》を、母《はは》が止《と》めた。

「疲《つか》れてるの。ごめんね」

明日《あした》聞《き》くから、早《はや》く寝《ね》なさい。そう言《い》った母《はは》の横顔《よこがお》は青白《あおじろ》く少《すこ》し影《かげ》が差《さ》して見《み》えた。いつもなら、どんなに遅《おそ》く帰《かえ》ってきても、「学校《がっこう》どうだった？」と聞《き》いてくれるのに。

よほど疲《つか》れているのだろう。そう思《おも》い、「わかった、おやすみなさい」と言《い》って凜花《りんか》は自分《じぶん》の部屋《へや》に戻《もど》ろうとしたが、母《はは》が閉《し》めたリビングのドアの前《まえ》に戻《もど》り、耳《みみ》を澄《す》ませた。中《なか》からは、母《はは》が父《ちち》に話《はな》しかける声《こえ》が、テレビの音《おと》混《ま》じりに聞《き》こえてくる。何《なに》よりも凜花《りんか》との会話《かいわ》を大切《たいせつ》にしてくれる母《はは》を、それが出来《でき》ないまで疲《つか》れさせたのがなんなのか、知《し》りたかった。ドアにつけた耳《みみ》に、母《はは》のすっかり気落《きお》ちした声《こえ》が、這《は》うように入《はい》ってくる。

「もう、参《まい》っちゃった……。こんな時期《じき》に異動《いどう》だなんて、もう全然《ぜんぜん》心《こころ》の準備《じゅんび》なんてできてなかったもの」

異動《いどう》……？

凛花《りんか》の胸《むね》が、ドンと大《おお》きく打《う》たれた。

異動《いどう》って、確《たし》か仕事《しごと》の場所《ばしょ》が変《か》わるはずだ。パパは春《はる》に異動《いどう》があって、総務部《そうむぶ》から人事《じんじ》部《ぶ》に移《うつ》ったと言《い》っていた。母《はは》にとっては、つまり、編集部《へんしゅうぶ》が変《か》わるということ……。

……マジ……？

「で、どこに変《か》わるの？」

パパが聞《き》いた。

「文芸《ぶんげい》。産休取《さんきゅうと》っていた人《ひと》が結局《けっきょく》やめちゃって。その人《ひと》が担当《たんとう》していた作家《さっか》さんが、以前《いぜん》『ロリポップ』で短編小説《たんぺんしょうせつ》書《か》いてくれた先生《せんせい》で、あたしが担当《たんとう》だったの。すごく気《き》に入《い》ってくださっていたみたいで、担当《たんとう》が変《か》わるのなら私《わたし》にって、その先生《せんせい》が名指《なざ》ししてくださったらしいのよ。そういう話《はなし》じゃ、断《ことわ》れないし……」

「そうか……雑誌《ざっし》とは全然違《ぜんぜんちが》うだろうから大変《たいへん》だとは思《おも》うけど、きっとそこでもやりがいがあるはずだよ。大丈夫《だいじょうぶ》、ノンちゃんなら」

普段《ふだん》は、ママ、と母《はは》に呼《よ》びかける父《ちち》が、ノンちゃんと呼《よ》んだ。それに答《こた》える母《はは》の声《こえ》に、少《すこ》し明《あか》るさが戻《もど》った。

「……ありがと。本当《ほんとう》はまだロリポップでやりたかったことあったんだ……。友人関係《ゆうじんかんけい》の大切《たいせつ》さとか、この雑誌《ざっし》だからこそリアルな中学生《ちゅうがくせい》に伝《つた》えられるたくさんのこと。……でも、そうね。決《き》まったことに思《おも》い悩《なや》んでも、なんにも進《すす》まないもんね。切《き》り替《か》えないと！」

母《はは》の足音《あしおと》がドアに近《ちか》づいてくる。凜花《りんか》は大慌《おおあわ》てで自分《じぶん》の部屋《へや》に駆《か》け込《こ》んだ。

部屋《へや》のドアを閉《し》め、ドアにもたれたままズルズルと、床《ゆか》にしゃがみ込《こ》んだ。

これから、一体《いったい》どうなるのか。

今《いま》まで凜花《りんか》が亜依達《あいたち》と同《おな》じグループの一員《いちいん》に認《みと》めてもらっていたのは、『ロリポップ』の編集者《へんしゅうしゃ》である母《はは》がいたからだ。

その母《はは》が、『ロリポップ』の編集《へんしゅう》ではなくなる。

胸《むね》がガンガンと痛《いた》くなるほど、心臓《しんぞう》が打《う》ちつける。

怖《こわ》い。不安《ふあん》で不安《ふあん》で、たまらない。

亜依《あい》の、グループの子達《こたち》の笑顔《えがお》が、頭《あたま》に浮《う》かぶ。

信《しん》じたい。みんなそんなこと構《かま》わず、今《いま》まで通《どお》り凛花《りんか》と仲《なか》よくしてくれることを。一緒《いっしょ》に笑《わら》って、一緒《いっしょ》にお喋《しゃべ》りしてくれることを。

みんなに撮影《さつえい》に使《つか》った発売前《はつばいまえ》のグッズをあげたり、最新《さいしん》のおしゃれ情報《じょうほう》を流《なが》してあげたり、読《どく》モの撮影《さつえい》に呼《よ》んであげたり……そういうことができなくなっても。

それでもみんなは……亜依《あい》は、凛花《りんか》を友達《ともだち》と、思《おも》ってくれるのだろうか。

六

いつもより、朝日《あさひ》がまぶしい。

しょぼしょぼする目《め》をなんとか開《あ》けながら、凛花《りんか》は通学路《つうがくろ》を歩《ある》いた。他《ほか》の生徒達《せいとたち》が、笑《わら》ったり騒《さわ》いだりしながら、ゆっくり歩《ある》く凛花《りんか》を追《お》い越《こ》していく。いつもならもう少《すこ》し速《はや》く歩《ある》くのだが、今日《きょう》は足《あし》が嫌《いや》がっているようだ。

昨夜《さくや》、あまり眠《ねむ》れなかった。

母《はは》が異動《いどう》になったことを、亜依達《あいたち》に伝《つた》えていいものかどうか、ずっとそれが頭《あたま》にあって、眠《ねむ》りにつけなかった。

「おはよ、凛花《りんか》!」

パンッと背中《せなか》を叩《たた》かれ、凛花《りんか》はハッとした。そんな凛花《りんか》に、亜依《あい》と玖美《くみ》が笑《わら》いながら肩《かた》を並《なら》べてきた。

「どうしたの? 眠《ねむ》そうー。寝不足《ねぶそく》?」

凛花《りんか》の顔《かお》を覗《のぞ》き込《こ》み、玖美《くみ》が言《い》った。凛花《りんか》はムリに口《くち》の端《はし》を上《あ》げ、うん、と、あいまいに答《こた》えた。なんとなく、いつものように気安《きやす》くしにくい。

「ねえ凛花《りんか》。お母《かあ》さんに、聞《き》いてくれた？」

がっつくように聞《き》いてくる亜依《あい》の言葉《ことば》に、凛花《りんか》はドキリとした。そうだ、何《なに》か聞《き》くことがあったのだ。亜依《あい》に頼《たの》まれた、何《なに》か……。

今朝《けさ》は、そんな話《はなし》ができる状態《じょうたい》ではなかったのだ。凛花《りんか》が。母《はは》から朝食《ちょうしょく》の席《せき》で編集部《へんしゅうぶ》の異動《いどう》の話《はなし》を聞《き》かされた。その時《とき》、母《はは》が凛花《りんか》に謝《あやま》ったのだ。

『ごめんね。もう凛花《りんか》のお友達《ともだち》のリクエストに、応《こた》えてあげられなくなっちゃうの』

その時《とき》の、心《こころ》の底《そこ》から申《もう》し訳《わけ》なさそうな母《はは》の瞳《ひとみ》。それを見《み》たら、凛花《りんか》は自分《じぶん》の友達《ともだち》の中《なか》での立場《たちば》など、気《き》にすることができなくなった。母《はは》は自分自身《じぶんじしん》のやりがいとしても離《はな》れたくなかった仕事《しごと》から離《はな》される、辛《つら》い気持《きも》ちを抱《かか》えている。その上《うえ》、凛花《りんか》の友達《ともだち》のことでまで、悩《なや》ませてはいけない。

『そんな。そんなこと、気《き》にしないで』

凛花《りんか》は、笑《わら》って言《い》った。

『あたし達《たち》、ママが『ロリポップ』の編集《へんしゅう》じゃなくなったからってダメになるような友達《ともだち》じゃ、ないから』

とっさに、出《で》た言葉《ことば》だった。母《はは》の心《こころ》の負担《ふたん》を、軽《かる》くしたい……その一心《いっしん》だ。もうこれで、『ロリポップ』の話《はなし》は出《だ》さないようにしよう、そう思《おも》ったのだ。

だから、すっかり忘《わす》れていた……亜依《あい》に、何《なに》を頼《たの》まれたんだっけ？

頭《あたま》をフル回転《かいてん》させ、思《おも》い出《だ》そうとする。それを感《かん》じ取《と》ったのか、亜依《あい》は笑《わら》いながら凛花《りんか》の腕《うで》をポンポンと叩《たた》いて言《い》った。

「やだ、忘《わす》れたの？　花《はな》マルナビに載《の》ってた、ボディバッグのお店《みせ》！」

ああ、そうだ。やっと思《おも》い出《だ》したが、母《はは》に聞《き》いていない。

「ごめん、まだ聞《き》いてない……昨日《きのう》、ママが帰《かえ》ったのあたしが寝《ね》てからで、今朝《けさ》もバタバタしてたから、聞《き》きそびれちゃって」

「そうなんだ。相変《あいか》わらず忙《いそが》しいんだね、凛花《りんか》のママ。でもカッコいいよね、仕事《しごと》で忙《いそが》しいママなんて」

「だよね。うちのお母《かあ》さんなんて専業主婦《せんぎょうしゅふ》で、あたしが帰《かえ》るといっつも昼寝《ひるね》してる。ワイドショー見《み》ながらさ。そんな生活《せいかつ》ばっかしてるから、すっごい三段腹《さんだんばら》よ」

「マジ？　玖美《くみ》もそうなるかもよー！　遺伝《いでん》するらしいから、中年太《ちゅうねんぶと》りって！」

「マジで⁉　やだ、マジ勘弁《かんべん》！　あたしダイエットに励《はげ》むわ！」

玖美《くみ》の慌《あわ》てように、亜依《あい》が大笑《おおわら》いする。つられて凛花《りんか》も笑《わら》う。

聞《き》こうか。今《いま》、この楽《たの》しい時間《じかん》に。

もしママが『ロリポップ』の編集《へんしゅう》じゃなくても、こうして一緒《いっしょ》に笑《わら》っててもいい？

胸《むね》がドキドキする。聞《き》こうか。聞《き》こうか。聞《き》こう………。

「おはよー、亜依《あい》！」

笑顔《えがお》でゴボウが追《お》いついてきた。

「おはよ、ゴボウ。はいこれ」

亜依《あい》はゴボウに自分《じぶん》のスクールバッグを持《も》たせた。凛花《りんか》のスクールバッグもひょいと取《と》ってゴボウに持《も》たせる。両腕《りょううで》がふさがったゴボウの頭《あたま》に、玖美《くみ》は自分《じぶん》のスクールバッグをかけ、「ご苦労《くろう》！」と言《い》って、二人《ふたり》は走《はし》り出《だ》した。亜依《あい》と玖美《くみ》に両手《りょうて》をつかまれ、凛花《りんか》も一緒《いっしょ》に校舎《こうしゃ》に向《む》かって走《はし》っていく。

「凛花《りんか》、もう忘《わす》れないでね！」

走《はし》りながら、亜依《あい》が言《い》った。

「凛花《りんか》のママに、ちゃんとお店《みせ》聞《き》いてきて！　ついでに、撮影《さつえい》で使《つか》ったメイク道具《どうぐ》、またちょうだいね！　従妹《いとこ》にあげて、自慢《じまん》したいから！」

反射的《はんしゃてき》に、凛花《りんか》は「うん」と言《い》った。

うちのママ、もう『ロリポップ』の編集《へんしゅう》じゃなくなるの……そんな話《はなし》、とてもじゃないけど、言《い》い出《だ》せなかった。


「ああ、このボディバッグは、竹下通《たけしたどお》りのファッションビルよ」

玉《たま》ねぎの皮《かわ》をむきながら、『ロリポップ』のページに目《め》を落《お》とした母《はは》が言《い》った。

今日《きょう》の夕食《ゆうしょく》はカレーだ。学校《がっこう》の調理実習《ちょうりじっしゅう》で習《なら》ったので、凛花《りんか》が作《つく》ることにしたのだ。

今日《きょう》は母《はは》が手伝《てつだ》ってくれている。

凛花《りんか》はジャガイモを切《き》りながら、ホッとため息《いき》をついた。取《と》りあえず、バッグのお店《みせ》は分《わ》かった。後《あと》は、撮影《さつえい》で使《つか》ったメイク道具《どうぐ》だ。

「あの、ママ……」

「なあに？」

「あの……。撮影《さつえい》で使《つか》ったメイク道具《どうぐ》とか……、まだ貰《もら》えたり、する？」

凛花《りんか》の問《と》いに、母《はは》は困《こま》ったように眉《まゆ》を寄《よ》せた。

「ああ……それは、ちょっともう難《むずか》しいなあ。今《いま》は引《ひ》き継《つ》ぎで忙《いそが》しいし、他《ほか》にも貰《もら》いたがってる人《ひと》いるからね。もう出《で》ていく立場《たちば》としては、ちょっとくださいって言《い》えないのよ」

凛花《りんか》の胸《むね》が強張《こわば》る。なんとなくそんな気《き》がしていたが、なんとかなるといいなと期待《きたい》していたのだ。凛花《りんか》のそんな気持《きも》ちに気付《きづ》いたのか、母《はは》は凛花《りんか》の顔《かお》を覗《のぞ》き込《こ》み、

「欲《ほ》しいっていう人《ひと》、いるの？」

「あ、ううん！　ちょっと聞《き》いてみただけ」

凛花《りんか》は笑《わら》って手《て》を振《ふ》った。母《はは》は凛花《りんか》の笑顔《えがお》に安心《あんしん》したように、同《おな》じように笑《え》みを向《む》けた。

「メイク道具《どうぐ》は貰《もら》えないけど、岡崎笑美先生《おかざきえみせんせい》の情報《じょうほう》ならこれからいっぱい教《おし》えちゃうわよ。凛花《りんか》、岡崎先生《おかざきせんせい》が『ロリポップ』に書《か》いてた『夏色《なついろ》の僕《ぼく》ら』、好《す》きだったでしょ？」

「うーん……。それはいいや」

岡崎笑美先生《おかざきえみせんせい》は、今度《こんど》母《はは》が文芸《ぶんげい》に移《うつ》ってから担当《たんとう》する作家《さっか》だ。『夏色《なついろ》の僕《ぼく》ら』は大好《だいす》きな作品《さくひん》だけど、亜依達《あいたち》は小説《しょうせつ》なんて飛《と》ばして読《よ》んだと言《い》っていたので、岡崎先生《おかざきせんせい》のサインなんてたとえ貰《もら》っても、喜《よろこ》ばないだろう。それより、この先生《せんせい》が母《はは》を『ロリポップ』から文芸《ぶんげい》に引《ひ》き抜《ぬ》いたというのだから、凛花《りんか》としては恨《うら》みがあるのが本当《ほんとう》の気持《きも》ちだった。

そう？　と言《い》って、母《はは》は玉《たま》ねぎを切《き》り出《だ》した。その横《よこ》で、凛花《りんか》は母《はは》にばれないようにため息《いき》をついた。今度《こんど》は、落胆《らくたん》のため息《いき》だった。

これからも、亜依《あい》はいろいろねだってくるだろう。今《いま》まで凛花《りんか》が母《はは》から貰《もら》って亜依《あい》に渡《わた》してきたメイク道具《どうぐ》やファッション小物《こもの》といった、最先端《さいせんたん》のおしゃれな物《もの》を。これらはもう、あげられなくなった。いつまでも、母《はは》が『ロリポップ』の編集《へんしゅう》ではなくなったことを、隠《かく》しおおせはしないのだ。

どうしたら、いいのだろう。

晴《は》れ渡《わた》った日曜日《にちようび》の竹下通《たけしたどお》りは、まるで縁日《えんにち》のような人出《ひとで》だ。亜依《あい》、玖美《くみ》、奏楽《そら》、杏奈《あんな》、優奈《ゆうな》、ゴボウ、そして凛花《りんか》は、原宿駅《はらじゅくえき》で待《ま》ち合《あ》わせたはいいが、竹下通《たけしたどお》りに入《はい》った途端《とたん》、その人《ひと》ごみにもみくちゃにされた。みんなで手《て》をつなぎ合《あ》っていないと、すれ違《ちが》う人《ひと》の波《なみ》に押《お》し流《なが》されて見失《みうしな》ってしまいそうだ。

「きゃ〜、亜依《あい》、待《ま》って〜！」

「こっち、こっち！　奏楽《そら》！」

「おいてかないで〜！」

みんなできゃあきゃあと言《い》いながら固《かた》まって進《すす》もうとするが、すぐ人《ひと》がその間《あいだ》に入《はい》ってきてしまう。手《て》をつなぎ合《あ》っていた凛花《りんか》と杏奈《あんな》の間《あいだ》にも人《ひと》が割《わ》り込《こ》み、つないでいた手《て》が離《はな》れてしまった。

「凛花《りんか》！」

「杏奈《あんな》！」

一度《いちど》離《はな》れてしまうと、どんどんと人《ひと》が流《なが》れ込《こ》んできて、あっという間《ま》に杏奈《あんな》の姿《すがた》が見《み》えなくなってしまった。

凛花《りんか》は周《まわ》りを見渡《みわた》した。他《ほか》の中学生《ちゅうがくせい》らしい女《おんな》の子《こ》のグループ、親子連《おやこづ》れ、観光客《かんこうきゃく》らしい外国人《がいこくじん》の団体《だんたい》……友達《ともだち》の姿《すがた》が、一人《ひとり》も見当《みあ》たらない。

……はぐれてしまった。

前《まえ》も後《うし》ろも両側《りょうがわ》も、知《し》らない人《ひと》ばかり……凛花《りんか》は、不意《ふい》に怖《こわ》くなった。

早《はや》く、みんなに追《お》いつかなきゃ。急《いそ》ごうとするが、人混《ひとご》みが壁《かべ》のようで、向《む》こう側《がわ》に行《い》くことができない。友達《ともだち》を大声《おおごえ》で呼《よ》ぼうか。でもそんなことしたら、きっと周《まわ》りの人達《ひとたち》から変《へん》な子《こ》と思《おも》われて、笑《わら》われる。

どうしよう……凛花《りんか》は、頭《あたま》が真《ま》っ白《しろ》になった。どうしよう、どうしよう……。

その時《とき》、

「凛花《りんか》！」

名前《なまえ》を呼《よ》ばれ、ハッとそちらの方向《ほうこう》を見《み》る。すると、人《ひと》の流《なが》れに逆行《ぎゃっこう》するように人《ひと》ごみをかき分《わ》けて、亜依《あい》が現《あらわ》れた。

「亜依《あい》！」

「ああ、よかった！」

亜依《あい》は凛花《りんか》に手《て》を伸《の》ばした。凛花《りんか》がその手《て》を握《にぎ》ると、亜依《あい》が強《つよ》い力《ちから》で、自分《じぶん》の方《ほう》に引《ひ》き寄《よ》せた。

「みんな、もうお店《みせ》に着《つ》いてるよ」

「亜依《あい》……戻《もど》ってきてくれたの？」

「うん。杏奈《あんな》が凛花《りんか》とはぐれたって言《い》ったから、焦《あせ》って戻《もど》ってきたわ。大変《たいへん》だった〜」

笑《わら》いながら言《い》うが、その通《とお》りだったのだろう。きれいに編《あ》み込《こ》みされていた亜依《あい》の髪《かみ》は人《ひと》ごみにもまれてグシャグシャになり、着《つ》けていたリボンも外《はず》れかけている。

あんなにおしゃれに気《き》を遣《つか》っている亜依《あい》が、こんなになりながら、凛花《りんか》を捜《さが》してくれた。

凛花《りんか》は、胸《むね》が熱《あつ》くなるのを感《かん》じた。

「……ありがとう」

「何言《なにい》ってんの、友達《ともだち》じゃん。さ、行《い》こ！」

亜依《あい》が手《て》をつないだまま、凛花《りんか》をグイグイと引《ひ》っ張《ぱ》っていく。その手《て》に、凛花《りんか》は確《たし》かなものを感《かん》じた。

確《たし》かな、友情《ゆうじょう》を。

お目当《めあ》てのお店《みせ》は、ガラス張《ば》りの、ファッションビルの中《なか》で一番道路側《いちばんどうろがわ》に面《めん》した目立《めだ》つところにあった。亜依《あい》と凛花《りんか》が追《お》いつき、やっとみんながそろったところで、ワクワクと店《みせ》に入《はい》る。

「どこかなあ、愛《いと》しのバッグちゃん」

沢山《たくさん》の女子中学生《じょしちゅうがくせい》とその母親達《ははおやたち》でごった返《がえ》す店内《てんない》で、手分《てわ》けしてボディバッグを探《さが》す。

マネキン、バッグコーナー、雑貨《ざっか》コーナー、新作《しんさく》、セール品《ひん》……店内《てんない》くまなく探《さが》したが、見当《みあ》たらない。まさか、と嫌《いや》な予感《よかん》がする。

「ああ、あのボディバッグですか？　すごい人気商品《にんきしょうひん》で、品切《しなぎ》れなんですよ」

予感《よかん》が当《あ》たった。申《もう》し訳《わけ》なさそうに話《はな》す店員《てんいん》によると、『ロリポップ』に掲載《けいさい》された週《しゅう》に、完売《かんばい》したらしい。どの店舗《てんぽ》にも在庫《ざいこ》がなく、もう手《て》に入《はい》らないという。

店員《てんいん》は他《ほか》の商品《しょうひん》も勧《すす》めてくれたが、それではだめだった。亜依《あい》はあのバッグが欲《ほ》しかったのだ。「ごめんなさいね」と頭《あたま》を下《さ》げる店員《てんいん》を後《あと》に、みんなで店《みせ》を出《で》た。さっきまでのワクワクした空気《くうき》は跡形《あとかた》もなく消《き》え失《う》せ、みんなを包《つつ》む空気《くうき》はただただどんよりと重苦《おもくる》しいものになっていた。

「……残念《ざんねん》だったね」

人《ひと》の波《なみ》に流《なが》されながら、優奈《ゆうな》がポツリと言《い》った。みんなはその言葉《ことば》に頷《うなず》いたが、亜依《あい》だけは硬《かた》い表情《ひょうじょう》で、足元《あしもと》を見《み》つめ続《つづ》けている。

「……なんで、あたしが買《か》えないわけ？」

低《ひく》い声《こえ》で、唸《うな》るように亜依《あい》が言《い》った。

「他《ほか》の子達《こたち》が買《か》えて、なんであたしが買《か》えなかったわけ？　他《ほか》の子《こ》なんて、どうせダッサいブスのくせに。あたしの方《ほう》が、絶対可愛《ぜったいかわい》くコーディネートできるのに。訳分《わけわ》かんないだよねー、と、みんなは亜依《あい》に合《あ》わせた。亜依《あい》が一番似合《いちばんにあ》うのにね。他《ほか》の子《こ》が持《も》ってたら、きっと豚《ぶた》に真珠《しんじゅ》だよ。亜依《あい》の気持《きも》ちが良《よ》くなる言葉《ことば》を、言《い》い続《つづ》ける。少《すこ》しでも亜依《あい》の気《き》が晴《は》れて、またいい雰囲気《ふんいき》に戻《もど》れるように。

「亜依《あい》だったら、あのモデルの子《こ》より、ずっと可愛《かわい》く持《も》てるのにね」

ゴボウが言《い》った。すると、ずっと足元《あしもと》を見《み》つめ続《つづ》けていた亜依《あい》が、その言葉《ことば》に弾《はじ》かれたように、凛花《りんか》を見《み》た。

「そうだ！　凛花《りんか》、お母《かあ》さんに頼《たの》んでよ！」

「え」

「撮影《さつえい》で使《つか》ったやつとか、編集部《へんしゅうぶ》にあったりするんじゃない？　いつもくれるリップとかみたく！　ねえ、お願《ねが》い凛花《りんか》！　お母《かあ》さんに頼《たの》んで、あのバッグ貰《もら》ってもらって！　お願《ねが》い！」

亜依《あい》が手《て》を合《あ》わせて凛花《りんか》に頭《あたま》を下《さ》げる。

胸《むね》がズキズキと痛《いた》んだ。いくら頭《あたま》を下《さ》げてもらっても、もう凛花《りんか》は母《はは》から何《なに》も貰《もら》えない。早《はや》く、伝《つた》えなくては。母《はは》が、もう『ロリポップ』の編集《へんしゅう》ではないことを。きっと、大丈夫《だいじょうぶ》。亜依《あい》は、分《わ》かってくれる。だって、亜依《あい》は凛花《りんか》の〈友達《ともだち》〉なのだから。

さっき迎《むか》えにきてくれた亜依《あい》の手《て》の力強《ちからづよ》さ、温《あたた》かさを思《おも》い出《だ》し、凛花《りんか》は勇気《ゆうき》を出《だ》した。

「あの……ね。もう、ダメなんだ」

「え？」

「お母《かあ》さんね、『ロリポップ』の編集《へんしゅう》じゃ、なくなっちゃうの」

「え!?」

亜依《あい》が大声《おおごえ》を上《あ》げた。周《まわ》りの人達《ひとたち》が驚《おどろ》いて、一斉《いっせい》に振《ふ》り向《む》く。しかし目《め》を丸《まる》くして凛花《りんか》を見《み》つめ続《つづ》ける亜依《あい》は、そんなことに気付《きづ》きもしない。

「どういうこと？　凜花《りんか》のお母《かあ》さんが、『ロリポップ』の編集《へんしゅう》じゃなくなっちゃうなんて!?」

「うん。文芸《ぶんげい》に、異動《いどう》になるんだって。文芸《ぶんげい》って、小説《しょうせつ》とか出《だ》す部署《ぶしょ》でね。あっ、でもこれからは、好《す》きな小説家《しょうせつか》がいたら、その人《ひと》のサインなら貰《もら》えるって！」

亜依《あい》が小説《しょうせつ》など読《よ》まないことは知《し》っている。しかしそんなことを言《い》い出《だ》したのは、亜依《あい》の表情《ひょうじょう》が見《み》る見《み》る変《か》わっていったからだった。

絶望《ぜつぼう》にも似《に》た、硬《かた》く歪《ゆが》んだ表情《ひょうじょう》。

「……マジで？」

低《ひく》く亜依《あい》が言《い》った。人《ひと》の声《こえ》とは思《おも》えないほど、冷《つめ》たく無機質《むきしつ》な声《こえ》だ。凜花《りんか》はそんな亜依《あい》の声《こえ》に、自分《じぶん》が言《い》ったことが、取《と》り返《かえ》しのつかない失敗《しっぱい》だったことに、気付《きづ》いた。自分自《じぶんじ》身《しん》が今《いま》いる場所《ばしょ》が、足元《あしもと》から少《すこ》しずつ崩《くず》れていくのを感《かん》じる。なんとか、それを食《く》い止《と》めたい。凜花《りんか》は強張《こわば》った頬《ほお》に笑《え》みを作《つく》り、

「うん……。でも、きっと文芸《ぶんげい》でも何《なに》か貰《もら》えると思《おも》う！　サインじゃなくても、なんか……」

「『ロリポップ』じゃないと、意味《いみ》ないじゃん！」

亜依《あい》は凛花《りんか》に詰《つ》め寄《よ》るようにして怒鳴《どな》りつけると、凛花《りんか》の肩《かた》をドンッと強《つよ》く押《お》した。そのはずみでよろけた凛花《りんか》は、ショップの店頭《てんとう》に置《お》かれた安《やす》い小物《こもの》が山盛《やまも》りになったワゴンに倒《たお》れ込《こ》んだ。

「きゃっ」

「きゃ、じゃねえよ！」

亜依《あい》が怒鳴《どな》りつける。

「サインなんて、いらないんだよ！　なんで『ロリポップ』の編集《へんしゅう》やめてんだよ⁉　文芸《ぶんげい》なんてそんなモンになられても、あたしにはなんの足《た》しにもならねえじゃねえか！」

何《なに》してるんですか、と、ショップの店員《てんいん》が出《で》てきた。目《め》は明《あき》らかに怒《おこ》っている。

「すみません」

倒《たお》れたワゴンから落《お》ちた商品《しょうひん》を凛花《りんか》が慌《あわ》てて拾《ひろ》う。それを苦々《にがにが》しい目《め》でちらりと見《み》て、亜依《あい》は凛花《りんか》に背中《せなか》を向《む》けた。

「行《い》こ」

そう言《い》うと、亜依《あい》は歩《ある》き出《だ》した。いつの間《ま》にか出来《でき》た野次馬《やじうま》の人《ひと》ごみに舌打《したう》ちをし、それをかき分《わ》けるように前《まえ》に進《すす》む。その時《とき》、ポツリと言《い》った言葉《ことば》が、凛花《りんか》の心《こころ》を貫《つらぬ》いた。

「……ったく、役立《やくた》たず」

それきり、その日《ひ》は亜依達《あいたち》と会《あ》えなかった。

ワゴンに商品《しょうひん》を綺麗《きれい》に戻《もど》し、店員《てんいん》に平謝《ひらあやま》りして凛花《りんか》は急《いそ》いで亜依達《あいたち》を追《お》ったが、人《ひと》ごみの中《なか》に、彼女達《かのじょたち》の姿《すがた》を捜《さが》し出《だ》すことはできなかった。携帯《けいたい》に連絡《れんらく》しても、返事《へんじ》はいっこうに来《こ》ない。亜依達《あいたち》が行《い》きそうなショップやゲーセンをしばらく捜《さが》し歩《ある》いたが、どこにもいない。凛花《りんか》は、家《いえ》に帰《かえ》ることにした。

原宿駅《はらじゅくえき》への道《みち》すがら、すれ違《ちが》うのは、お喋《しゃべ》りしたり笑《わら》ったりしている、グループで来《き》ている女《おんな》の子達《こたち》ばかりだ。

あたしも、ここに来《く》る時《とき》は、こうして亜依達《あいたち》と、お喋《しゃべ》りしながら、ワクワクしてたのに。

改札《かいさつ》を通《とお》り、電車《でんしゃ》に乗《の》り込《こ》む。一人《ひとり》で。凛花《りんか》は、寂《さび》しさで涙《なみだ》が出《で》そうになった。

耳《みみ》の奥《おく》で、亜依《あい》の声《こえ》が何度《なんど》も繰《く》り返《かえ》される。

『つたく、役立《やくた》たず』

胸《むね》が締《し》め付《つ》けられる。凛花《りんか》は苦《くる》しさのあまり、電車《でんしゃ》の手《て》すりを強《つよ》く握《にぎ》りしめた。

友達《ともだち》って、言《い》ったのに。

はぐれたあたしを、捜《さが》しにきてくれて……いつもあたしには優《やさ》しくしてくれて、話《はなし》を聞《き》いてくれて……ゴボウをいじめるのも、あたしが言《い》ったらやめてくれたのに。

友達《ともだち》だと、思《おも》ってたのに。

ううん。いつも心《こころ》の中《なか》で、薄《うす》い紙《かみ》に透《す》けて見《み》えるように、ぼんやりと浮《う》かんでいた思《おも》い。

亜依《あい》にとっての友達《ともだち》は、「あたし」ではなくて、「『ロリポップ』の編集者《へんしゅうしゃ》をお母《かあ》さんに持《も》つ子《こ》」なのではないか。

おしゃれが好《す》きで、目立《めだ》つのが好《す》きな亜依《あい》にとって便利《べんり》な子《こ》が、たまたまあたしだった。

便利《べんり》だから、手放《てばな》したくなかった。だから凛花《りんか》だけは、特別扱《とくべつあつか》いだったのだ。あの女王様《じょおうさま》が、グループの中《なか》で、凛花《りんか》の意見《いけん》だけは聞《き》いてくれた。凛花《りんか》が離《はな》れてしまうと、『ロリポップ』に関《かか》わる恩恵《おんけい》を受《う》けられなくなるから。

気付《きづ》いていた、本当《ほんとう》は。でも、だから、そうじゃないと思《おも》いたかった。

不安《ふあん》が凜花《りんか》の心《こころ》に、暗《くら》い影《かげ》を落《お》としていった。

明日《あした》。明日《あした》から、あたしはどうなるのだろう。

役立《やくた》たずと言《い》われた、あたしは。こうして一緒《いっしょ》に出《で》かけたのに置《お》き去《ざ》りにされ、連絡《れんらく》も拒否《きょひ》されるあたしは。

一体《いったい》、明日《あした》から、どうなってしまうのだろう……？


「凜花《りんか》、まだ起《お》きないの？　もう七時半《しちじはん》よ！」

朝《あさ》の光《ひかり》が遮光《しゃこう》カーテンに遮《さえぎ》られた暗《くら》い部屋《へや》で、ベッドにもぐったまま、凜花《りんか》は母《はは》の声《こえ》を聞《き》いた。

目《め》はとっくに覚《さ》めている。でも、起《お》きる気《き》にならない。頭《あたま》が重《おも》い。体《からだ》が重《おも》い。何《なに》より、気持《きも》ちが重《おも》い。

学校《がっこう》に行《い》くのが、怖《こわ》い。

「凜花《りんか》？　どうしたの？」

呼《よ》びながら、母《はは》の足音《あしおと》が近《ちか》づいてくる。その音《おと》を聞《き》きながら、凜花《りんか》はため息《いき》をついて体《からだ》を起《お》こした。

「起《お》きた！　すぐ着替《きが》えて行《い》くから！」

「そう？　早《はや》くね。今日《きょう》のお弁当《べんとう》、凛花《りんか》が好《す》きなグラタン入《い》れてあげたから」

生活《せいかつ》が不規則《ふきそく》で、凛花《りんか》の食事《しょくじ》を毎食作《まいしょくつく》ってあげられないことの多《おお》い母《はは》は、お弁当《べんとう》には力《ちから》を入《い》れている。いつも凛花《りんか》の好《す》きな物《もの》を、美味《おい》しそうに入《い》れてくれる。朝《あさ》だって忙《いそが》しいのに、なんでこんなにしてくれるの、と、以前聞《いぜんき》いたら、母《はは》は少《すこ》し恥《は》ずかしそうに笑《わら》って言《い》ったのだ。

『お弁当箱《べんとうばこ》を開《あ》けた凛花《りんか》が、わあって嬉《うれ》しそうな顔《かお》をするのを想像《そうぞう》して、いつも作《つく》ってるの。お母《かあ》さんが作《つく》りたくて作《つく》ってるのよ』

母《はは》は、いつも凛花《りんか》のことを考《かんが》えてくれている。

心配《しんぱい》、かけちゃダメだ。

凛花《りんか》は自分《じぶん》に言《い》い聞《き》かせ、重《おも》い体《からだ》を押《お》し上《あ》げるように立《た》ち上《あ》がり、カーテンを開《あ》けた。

部屋《へや》に、朝《あさ》の力強《ちからづよ》い光《ひかり》が、いっぱいに入《はい》ってきた。

通学路《つうがくろ》を歩《ある》く。沢山《たくさん》の生徒《せいと》が道《みち》いっぱいに広《ひろ》がって、お喋《しゃべ》りをしながら登校《とうこう》している。いつもと変《か》わらない光景《こうけい》を見《み》ながら、凛花《りんか》は緊張《きんちょう》していた。

いつもなら、亜依達《あいたち》に会《あ》うのだ。通学路《つうがくろ》で、昇降口《しょうこうぐち》で……後《うし》ろからポン、と肩《かた》を叩《たた》かれ、

「おはよう、凛花《りんか》！」と笑顔《えがお》を見《み》せるのだ。

今日《きょう》は、どうなるのだろう。この通学路《つうがくろ》は、いつもと全《まった》く変《か》わらない。心《こころ》が強張《こわば》っている凛花《りんか》からしたら、拍子《ひょうし》抜《ぬ》けするほどに。

ひょっとしたら、亜依達《あいたち》もいつもと変《か》わらなかったりするのではないか。凛花《りんか》の考《かんが》えすぎで、ひょっとしたら、亜依《あい》は昨日《きのう》のことを謝《あやま》ってくれるかもしれない。

「ごめんね、凛花《りんか》。昨日《きのう》はバッグが売《う》り切《き》れてて、イラついてたから」などと言《い》って、笑《わら》ってくれるかもしれない。

友達《ともだち》だから。

凛花《りんか》は少《すこ》し気持《きも》ちが軽《かる》くなった。そうだよ、それもありだよ。重《おも》かった足《あし》が軽《かる》くなり凛《りん》花《か》は昇降口《しょうこうぐち》に入《はい》った。下足箱《げそくばこ》の、自分《じぶん》の棚《たな》の前《まえ》に立《た》つ。

思《おも》わず、息《いき》を飲《の》んだ。

下足箱《げそくばこ》に入《はい》った上履《うわば》きに伸《の》ばす手《て》が、ガクガクと震《ふる》える。そしてその手《て》が触《ふ》れた途端《とたん》、上履《うわば》きのかかとの部分《ぶぶん》が、ボトッと音《おと》を立《た》てて、床《ゆか》のすのこの上《うえ》に落《お》ちた。

凛花《りんか》の上履《うわば》きは、ズタズタに切《き》り裂《さ》かれていた。

……これは……。

呆然《ぼうぜん》と立《た》ち尽《つ》くす凛花《りんか》の後《うし》ろから、クスクスと笑《わら》う声《こえ》が聞《き》こえてきた。振《ふ》り返《かえ》ると、階《かい》段《だん》の途中《とちゅう》で亜依達《あいたち》が固《かた》まって、凛花《りんか》の方《ほう》を見《み》ていた。一番嬉《いちばんうれ》しそうに笑《わら》っているゴボウの手《て》に、家庭科《かていか》で使《つか》う裁断用《さいだんよう》の大《おお》きなハサミが握《にぎ》られている。

凛花《りんか》は、頭《あたま》から血《ち》が引《ひ》いていくのを感《かん》じた。

そんな凛花《りんか》を、やはり面白《おもしろ》そうに亜依《あい》が見《み》つめている。

その目《め》は、今《いま》までゴボウや萌音《もえ》に向《む》けられていたのと同《おな》じ、嘲《あざけ》りの色《いろ》を宿《やど》していた。

七

「凛花《りんか》！　早《はや》くしなさいよ！」

亜依《あい》の声《こえ》が廊下《ろうか》に響《ひび》き渡《わた》る。その声《こえ》に従《したが》おうとするが、凛花《りんか》はなかなか前《まえ》に進《すす》めない。両手《りょうて》に持《も》ったふちギリギリまで水《みず》の入《はい》ったバケツが重《おも》く、バランスを少《すこ》しでも崩《くず》すと水《みず》をこぼしてしまいそうなのだ。


掃除《そうじ》の時間《じかん》、体育館《たいいくかん》の床《ゆか》を水拭《みずぶ》きする。これが重労働《じゅうろうどう》なのだ。

「イヤだね〜」

「めんどくさ〜」

体育館《たいいくかん》の掃除係《そうじがかり》の生徒達《せいとたち》がブツクサと不平《ふへい》を言《い》いながら体育館《たいいくかん》に行《い》こうとしたところを、亜依《あい》が引《ひ》き留《と》めたのだ。

「それなら、あたし達《たち》が代《か》わってあげるよ！」

そう言《い》って、凛花《りんか》の肩《かた》に腕《うで》をかけ、最高級《さいこうきゅう》の笑顔《えがお》を見《み》せた。

「ね、凛花《りんか》！」

「早《はや》く！　何《なに》やってんの？　掃除《そうじ》の時間《じかん》終《お》わっちゃうじゃない！」

廊下《ろうか》の水道《すいどう》で二《ふた》つのバケツに水《みず》をくみ、体育館《たいいくかん》に運《はこ》ぶ。それを運《はこ》ばされているのは、凛花《りんか》一人《ひとり》だ。亜依《あい》、玖美《くみ》、奏楽《そら》、杏奈《あんな》、優奈《ゆうな》、そしてゴボウが、その様子《ようす》をニヤニヤと笑《わら》いながら見《み》ている。特《とく》にゴボウは、いつもなら自分《じぶん》の仕事《しごと》であるものを凛花《りんか》がやらされているので、楽《たの》しくて仕方《しかた》がない様子《ようす》で、ウキウキと目《め》を輝《かがや》かせている。

なんとかみんなに追《お》いつく。ほとんど水《みず》をこぼさずに来《こ》られたことにホッとし、体育館《たいいくかん》に足《あし》を踏《ふ》み入《い》れる。その時《とき》、ゴボウの足《あし》が、凛花《りんか》の足《あし》をすくい上《あ》げた。

「あっ！」

バランスを崩《くず》し、凛花《りんか》が転《ころ》ぶ。同時《どうじ》に、持《も》っていたバケツもひっくり返《かえ》り、ガシャンと大《おお》きな音《おと》を立《た》てて、水《みず》をまき散《ち》らした。

「やだ、何《なに》やってんのよ！」

床《ゆか》に転《ころ》がった凛花《りんか》を、亜依《あい》が蹴《け》りつけた。

「これから掃除《そうじ》しようっていうのに、何《なに》わざわざ仕事増《しごとふ》やしてんだよ！」

「このノロマ！」

玖美《くみ》が、優奈《ゆうな》が、みんなが、亜依《あい》にならって凛花《りんか》を蹴《け》りつけてくる。

「ご、ごめんなさい……」

「ごめんですめば、警察《けいさつ》いらないんだよ！」

そう言《い》うと、ゴボウは誰《だれ》よりも強《つよ》い力《ちから》で凛花《りんか》を蹴《け》った。

凛花《りんか》は思《おも》わず頭《あたま》を抱《かか》えて体《からだ》を丸《まる》くした。

痛《いた》い。でもそれ以上《いじょう》に凛花《りんか》の心《こころ》を満《み》たしているのは、恐怖《きょうふ》だった。謝《あやま》っても謝《あやま》っても、許《ゆる》してもらえない。どうしたらいいのか、分《わ》からない。

分《わ》かるはずがない。答《こた》えなど、ないのだから。

謝《あやま》ったら許《ゆる》してもらえるような、罰《ばっ》ではないから。

これは、亜依達《あいたち》の、楽《たの》しい娯楽《ごらく》なのだから。

このグループの中《なか》で、凛花《りんか》の居《い》る場所《ばしょ》が変《か》わったのだ。母《はは》の仕事《しごと》の異動《いどう》のように、いじられ役《やく》が、ゴボウから凛花《りんか》に異動《いどう》した。

「ホラ、いつまでも寝《ね》てないで、早《はや》く起《お》きなよ」

「起《お》きるの、手伝《てつだ》ってあげる」

奏楽《そら》と杏奈《あんな》が、丸《まる》くうずくまっている凛花《りんか》の両脇《りょうわき》に手《て》を入《い》れて、むりやり引《ひ》きずり起《お》こす。そうして、今度《こんど》はバケツからこぼれた水《みず》たまりに、凛花《りんか》を突《つ》き飛《と》ばした。

「きゃあっ」

バシャッと水《みず》たまりに倒《たお》れ込《こ》むと、髪《かみ》が、制服《せいふく》が、どんどんと水《みず》を吸《す》っていく。じっとりと濡《ぬ》れていき、体《からだ》が冷《ひ》えていきそうだ。慌《あわ》てて凛花《りんか》が体《からだ》を起《お》こすと、そこをまたゴボウが蹴《け》りつけた。凛花《りんか》がまた水《みず》たまりに倒《たお》れ込《こ》む。それを見《み》て、亜依《あい》が大笑《おおわら》いしている。

「やっだ、マジ受《う》けるー！　凛花《りんか》、ダサダサ！」

「『ロリポップ』の編集《へんしゅう》の子《こ》じゃなくなったら、本性丸見《ほんしょうまるみ》え！　ただのマジキモ!!」

「あたし達《たち》を楽《たの》しませるくらい、しなさいよね！　なんにも価値《かち》ないのに、友達《ともだち》でいてやるんだから！」

友達《ともだち》。

冷《ひ》える体《からだ》を起《お》こしながら、凛花《りんか》はぼんやりと思《おも》った。

こんな、苦《くる》しい思《おも》いをすることが、友達《ともだち》なのか。

「ほら、もいっかい水《みず》、くんでこいよ！」

立《た》ち上《あ》がった凛花《りんか》の背中《せなか》を蹴《け》って、笑《わら》いながらゴボウが言《い》った。その声《こえ》は、まるで高《たか》らかに響《ひび》くファンファーレのようだ。苦《くる》しい思《おも》いをする友達《ともだち》から解放《かいほう》されたのが、よほど嬉《うれ》しいのだろう。

凛花《りんか》は蹴《け》られた背中《せなか》の痛《いた》みに我慢《がまん》しながら、バケツを手《て》に取《と》り体育館《たいいくかん》から出《で》た。

すると、凛花《りんか》のクラスメート数人《すうにん》が、こちらを見《み》ている。じっと体育館《たいいくかん》で行《おこな》われていたことを見《み》ていたのだ。凛花《りんか》と目《め》が合《あ》う。制服《せいふく》が濡《ぬ》れている。蹴《け》られて、汚《よご》れてもいる。痛《いた》くて、冷《つめ》たくて、悲《かな》しくて、泣《な》きたい気持《きも》ちを抑《おさ》えている。そんな凛花《りんか》を、彼女達《かのじょたち》は見《み》ている。

ほんの一瞬《いっしゅん》、凛花《りんか》の心《こころ》に、小《ちい》さな期待《きたい》が灯《とも》った。

しかし彼女達《かのじょたち》は、まるで見《み》てはいけないものを見《み》てしまったかのように凛花《りんか》から急《いそ》いで目《め》をそらした。そうして、足早《あしばや》にその場所《ばしょ》から歩《ある》き去《さ》っていった。その後《うし》ろ姿《すがた》を見《み》て、凛《りん》花の心《こころ》から、そして瞳《ひとみ》から、光《ひかり》が消《き》えていく。

そうか。

見《み》て見《み》ぬふり。

すうっと鋭《するど》い刃物《はもの》で切《き》られたように、凛花《りんか》の心《こころ》に傷《きず》が入《はい》った。

亜依達《あいたち》は、楽《たの》しんでいる。

凛花《りんか》がいじられることで、グループが仲良《なかよ》くやっている。

多分《たぶん》これはいじめじゃないから、止《と》めることはない。

でも見《み》ていると苦《くる》しいから、見《み》ないでおこう。

そういう考《かんが》えだ。よく分《わ》かる。

だって、今《いま》まで凛花《りんか》がしてきたことだから。

これは、遊《あそ》びだ。

見《み》ている方《ほう》はそう信《しん》じることで、自分《じぶん》の平和《へいわ》な日常《にちじょう》を保《たも》ち、暮《く》らしていく。

嫌《いや》なものを見《み》てしまった多少《たしょう》の気《き》まずさ、息苦《いきぐる》しさは、我慢《がまん》するのだ。

「何《なに》ぼさっと突《つ》っ立《た》ってんだよ！　早《はや》くしろよ！」

ゴボウの怒鳴《どな》り声《ごえ》と共《とも》に、再《ふたた》び背中《せなか》が蹴《け》りつけられる。凛花《りんか》がそのはずみで前《まえ》につんのめると、亜依達《あいたち》がさも楽《たの》しそうにゲラゲラと笑《わら》う。

「ゴボウ、ナーイス！」

「あんたの突《つ》っ込《こ》み、サイコー！」

自分《じぶん》の作《つく》り上《あ》げた最高《さいこう》の見世物《みせもの》に拍手喝采《はくしゅかっさい》を送《おく》る友人達《ゆうじんたち》に、自慢《じまん》げに鼻《はな》の穴《あな》を広《ひろ》げて笑《え》顔《がお》で応《こた》えるゴボウ。

凛花《りんか》は、背中《せなか》を蹴《け》られて咳《せ》き込《こ》みながらも、ゴボウから目《め》が離《はな》せなかった。

ついこの間《あいだ》まで、いじられ役《やく》だったゴボウ。やられる者《もの》の痛《いた》みも苦《くる》しみも、全《すべ》て分《わ》かっているはずなのに、自分《じぶん》がされたことをそっくり凛花《りんか》に叩《たた》きつけてくる。

萌音《もえ》がいた時《とき》も、そうだった。萌音《もえ》にターゲットが移《うつ》った時《とき》、今《いま》の凛花《りんか》のように容赦《ようしゃ》なく暴行《ぼうこう》を加《くわ》えた。

そして萌音《もえ》がいなくなった時《とき》、またゴボウがターゲットにされ、次《つぎ》はそれを助《たす》けた凛花《りんか》が母《はは》の『ロリポップ』の編集《へんしゅう》という後《うし》ろ盾《だて》がなくなったことで、ターゲットが移《うつ》された。

このグループにいる限《かぎ》り、ターゲットにされる負《ふ》のループから逃《のが》れられないのだ。

凛花《りんか》は痛《いた》む体《からだ》を引《ひ》きずるようにしてバケツに水《みず》をくみに行《い》きながら、考《かんが》えた。

このグループを、抜《ぬ》けなくては。


そうしたい。でも、抜《ぬ》けるには具体的《ぐたいてき》にどうしたらいいのか、分《わ》からない。

凛花《りんか》が登校《とうこう》したとたん、待《ま》ち構《かま》えていた亜依達《あいたち》につかまるのだ。そして彼女達《かのじょたち》に取《と》り囲《かこ》まれる。一見《いっけん》いつも一緒《いっしょ》の仲良《なかよ》し友達《ともだち》だ。

その中《なか》で何《なに》が行《おこな》われているか分《わ》からない、友達密室《ともだちみっしつ》。

そこから外《そと》に出《で》られないまま、来《く》る日《ひ》も来《く》る日《ひ》も、凛花《りんか》はみんなから殴《なぐ》られ、蹴《け》られた。

その度《たび》に湧《わ》き上《あ》がる、亜依達《あいたち》の笑《わら》い声《ごえ》。

凛花《りんか》が苦《くる》しそうにうめくほど、痛《いた》そうに体《からだ》を丸《まる》めるほど、大《おお》きくなる笑《わら》い声《ごえ》。

この地獄《じごく》から、早《はや》く抜《ぬ》け出《だ》したい。


「凛花《りんか》、最近《さいきん》、学校《がっこう》どう？」

母《はは》の言葉《ことば》に、凛花《りんか》はぎくりとした。

朝《あさ》、いつものようにお弁当《べんとう》を手渡《てわた》された時《とき》に、不意《ふい》に聞《き》かれた。ここのところ異動《いどう》で忙《いそが》しい母《はは》は朝《あさ》も忙《いそが》しく、バタバタして話《はなし》などほとんどしていなかったのだ。

本当《ほんとう》は、凛花《りんか》が話《はなし》をすることを避《さ》けていたということもあった。

母《はは》に、今《いま》の凛花《りんか》の学校生活《がっこうせいかつ》を知《し》られたくなかった。

今《いま》のこの状態《じょうたい》は、母《はは》が心配《しんぱい》していたことだ。母《はは》が『ロリポップ』の編集《へんしゅう》でなくなったら、友達関係《ともだちかんけい》が変《か》わってしまうのではないか……それが、その通《とお》りになってしまった。それを知《し》ったら、母《はは》がどれだけ苦《くる》しむか。

その上母《うえはは》は、中学時代《ちゅうがくじだい》にいじめで苦《くる》しんだ経験《けいけん》がある。今《いま》でも生々《なまなま》しい記憶《きおく》なのだ。娘《むすめ》の凛花《りんか》がいじめにあっていると知《し》ったら、母《はは》がどんなに辛《つら》い思《おも》いをするか。

母《はは》に、心配《しんぱい》をかけたくない。

何《なに》があっても、家《いえ》では、心配《しんぱい》のない娘《むすめ》でいたい。

「……普通《ふつう》だよ」

お弁当《べんとう》を受《う》け取《と》りながら、凛花《りんか》は笑《わら》って言《い》った。何《なに》も心配《しんぱい》のない、明《あか》るい娘《むすめ》の笑顔《えがお》で。

「そう？　最近《さいきん》、学校《がっこう》の話《はなし》聞《き》かないから、どうかしら、と思《おも》ってたんだけど」

母《はは》の目《め》が心配《しんぱい》げに陰《かげ》る。何《なに》か感《かん》じ取《と》ってるのか。母《はは》はいつも、凛花《りんか》の考《かんが》えていることの、半歩先《はんぽさき》を見《み》てくれているから。

気付《きづ》きませんように。母《はは》に、凛花《りんか》が学校《がっこう》で、友達密室《ともだちみっしつ》でいじめられていることを。

凛花《りんか》は母《はは》の心配《しんぱい》をかき消《け》すように、ますます明《あか》るい笑顔《えがお》を見《み》せた。

「うん。ママが文芸《ぶんげい》に移《うつ》ったでしょ？　だから亜依達《あいたち》からのリクエストが無《な》くなっただけ。そのお願《ねが》いしなくなったから、話《はな》すことが減《へ》った感《かん》じなんじゃないかな」

「そっか……そう言《い》えば今《いま》までお友達《ともだち》からは、いろいろ頼《たの》まれたものねえ」

「迷惑《めいわく》だった？」

「まさか。凛花《りんか》のお友達《ともだち》のためだもの」

そう言《い》って、母《はは》も笑顔《えがお》を見《み》せた。それを見《み》て凛花《りんか》はお弁当《べんとう》をランチバッグに入《い》れ、「行《い》ってきます」と家《いえ》を出《で》た。

「今日《きょう》のお弁当《べんとう》、パスタだからね。凛花《りんか》が好《す》きな、ジェノベーゼのペンネ。オレンジとルッコラのサラダも入《い》れたからね。お昼《ひる》、楽《たの》しみにしてね」

窓《まど》から言《い》う母《はは》の言葉《ことば》に、凛花《りんか》は背中《せなか》を向《む》けたまま手《て》を振《ふ》って応《こた》えた。

母《はは》の優《やさ》しさが、なんだか分《わ》からないけど、とても辛《つら》く感《かん》じる。

凛花《りんか》の友達《ともだち》。

胸《むね》がじくりと痛《いた》む。

あのグループでの友達《ともだち》。亜依《あい》の楽《たの》しみのために苦《くる》しみ、痛《いた》みに耐《た》える人間《にんげん》になること。

それが、友達《ともだち》。

凛花《りんか》は大《おお》きく息《いき》をついた。もう、今《いま》から苦《くる》しい。歩《ある》いているだけで、息《いき》をするだけで
……生《い》きているだけで、苦《くる》しい。

歩調《ほちょう》も鈍《にぶ》くなる。そんな凛花《りんか》の両脇《りょうわき》を、他《ほか》の生徒達《せいとたち》が通《とお》り過《す》ぎていく。そこで、凛花《りんか》は
ハッとした。

今凛花《いまりんか》の横《よこ》を通《とお》り過《す》ぎたのは、凛花《りんか》と同《おな》じクラスの女子《じょし》だ。クラスのグループでいったら、真《ま》ん中《なか》の下《した》くらい……一番目立《いちばんめだ》たないグループの、二人組《ふたりぐみ》。そんな立場《たちば》をわきまえているかのように、二人《ふたり》ともひざ下五《したご》センチという規定《きてい》のスカート丈《たけ》をきちんと守《まも》った、制服姿《せいふくすがた》で、二人《ふたり》で一冊《いっさつ》の本《ほん》に首《くび》を突《つ》っ込《こ》むようにして、背中《せなか》を丸《まる》めて歩《ある》いている。

その後《うし》ろ姿《すがた》に、凛花《りんか》は自分《じぶん》の姿《すがた》を重《かさ》ねた。本当《ほんとう》は、自分《じぶん》は彼女達《かのじょたち》のタイプなのだ。たまたま母《はは》がファッション誌《し》の編集部《へんしゅうぶ》にいて、そこから友達《ともだち》の期待《きたい》を受《う》けておしゃれに気《き》を遣《つか》ってきたのだが、本来《ほんらい》はクラスで目立《めだ》たずいつも本《ほん》を読《よ》んでいる……そんな女《おんな》の子《こ》だったのだ。

あそこに入《い》れてもらおう……。きっと、普通《ふつう》の友達《ともだち》になってくれる。

そうしたら、地獄《じごく》から抜《ぬ》けられる。

凛花《りんか》は前《まえ》を歩《ある》く二人《ふたり》を追《お》うために、足《あし》を速《はや》めた。二人《ふたり》の背中《せなか》が近《ちか》くなるにつれ、心臓《しんぞう》がドキドキと高鳴《たかな》る。断《ことわ》られるかもしれない……弱《よわ》い気持《きも》ちが湧《わ》き起《お》こるが、それを何度《なんど》も心《こころ》の中《なか》でねじ伏《ふ》せた。友達密室《ともだちみっしつ》の外《そと》の、今《いま》しかチャンスがないのだ。

「あ、あの……！」

なんとか手《て》の触《ふ》れそうなほどの近《ちか》くに追《お》いつき、凛花《りんか》は二人《ふたり》に声《こえ》をかけた。

二人《ふたり》は振《ふ》り返《かえ》り、凛花《りんか》を見《み》て目《め》を丸《まる》くした。小《ちい》さく口《くち》を開《ひら》き、声《こえ》にならない声《こえ》で、「え」と言《い》った。明《あき》らかに、戸惑《とまど》っている。そんな二人《ふたり》を見《み》て、凛花《りんか》も戸惑《とまど》った。声《こえ》をかけたのはいいが、なんと言《い》えばいいのだ。あたしも入《い》れて、か。もっと、あと七歳《ななさい》くらい年《とし》が下《した》ならそれで通用《つうよう》しただろうが、中学二年《ちゅうがくにねん》の今《いま》では、その単純《たんじゅん》さは軽《かる》すぎる。今《いま》の自分達《じぶんたち》にとって、友達《ともだち》とは、もっともっと重《おも》いものなのだ。

「あの……何《なに》、読《よ》んでるの？」

凜花《りんか》は二人《ふたり》の手《て》にしている本《ほん》を見《み》て、笑顔《えがお》を作《つく》ろうとした。頬《ほお》が強張《こわば》る。すごく怪《あや》しい顔《かお》になっているのは自分《じぶん》でも分《わ》かった。でも、二人《ふたり》の心《こころ》に入《はい》りたい。ただそれだけだ。

「……これ……？」

二人《ふたり》とも眼鏡《めがね》をかけている。そのうちの、赤《あか》い眼鏡《めがね》が本《ほん》を閉《と》じて表紙《ひょうし》を凜花《りんか》の方《ほう》に向《む》けて見《み》せた。それは凜花《りんか》の本棚《ほんだな》にもある、イギリスのシリーズ物《もの》の推理小説《すいりしょうせつ》だった。凜花《りんか》はホッとして、本当《ほんとう》の笑顔《えがお》を見《み》せた。

「あ……あたしも、それ、持《も》ってる。シリーズ、全部《ぜんぶ》。その探偵《たんてい》の相棒《あいぼう》が、好《す》きなんだ」

「え、マジ？」

「あたしも！」

茶色《ちゃいろ》の眼鏡《めがね》が、凜花《りんか》の言葉《ことば》に目《め》を輝《かがや》かせる。凜花《りんか》も嬉《うれ》しくなった。こんな話《はなし》が、学校《がっこう》でできるなんて。赤《あか》い眼鏡《めがね》が少《すこ》し不服《ふふく》そうに言《い》う。

「あたしは、探偵《たんてい》の方《ほう》が好《す》きだな。カッコよくて」

「だから、相棒《あいぼう》の方《ほう》が良《い》い味出《あじだ》してんだって！　ボーッとしながら、いつもすっごく重要《じゅうよう》なとこしっかり見《み》てて」

「そうそう！　この話《はなし》でも……」

「何《なに》、話《はな》してんのー？」

不意《ふい》に、後《うし》ろから声《こえ》がした。それと同時《どうじ》に髪《かみ》をグイッと引《ひ》っ張《ぱ》られ、凛花《りんか》は後《うし》ろに倒《たお》れて尻餅《しりもち》をついた。

見上《みあ》げると、ゴボウの意地悪《いじわる》そうな顔《かお》があった。

「あんた、何《なに》グループ外《がい》のヤツと仲《なか》よくしてんだよ」

倒《たお》れ込《こ》んだ凛花《りんか》を、ゴボウが蹴《け》りつける。

「あんたはうちのグループの人間《にんげん》だろ？　よその人間《にんげん》と仲《なか》よくしてんじゃねーよ！」

ガン、ガン、と、ゴボウが凛花《りんか》を蹴《け》り続《つづ》ける。何度《なんど》も、何度《なんど》も。

痛《いた》い。痛《いた》い。もうやめて。言《い》いたいけれど、声《こえ》が出《で》ないほど、痛《いた》い。

「あんた達《たち》も、うちのグループの人間《にんげん》と、気安《きやす》く喋《しゃべ》ってんじゃないよ！　あんた達《たち》なんかが仲《なか》よくなれるレベルじゃないの、分《わ》かってないの⁉」

今度《こんど》は二人《ふたり》に、ゴボウが怒鳴《どな》りつける。二人《ふたり》が口《くち》ごもるのが、痛《いた》みに目《め》を閉《と》じている凛《りん》花《か》にも分《わ》かった。凛花《りんか》は、心《こころ》の中《なか》で叫《さけ》んだ。

ゴボウの言《い》うことを、聞《き》かないで。あなた達《たち》の場所《ばしょ》が、本当《ほんとう》はあたしのいたい場所《ばしょ》なの。あなた達《たち》の場所《ばしょ》に、いさせて。

ゴボウが続《つづ》ける。

「それでもこいつと仲《なか》よくしたいのなら、あたし達《たち》のグループにあんた達《たち》が入《はい》るのはどう？　お笑《わら》い要員《よういん》として」

低《ひく》い、残酷《ざんこく》な響《ひび》きのある声《こえ》だった。

「……ごめんなさい」

二人《ふたり》は慌《あわ》ててそう言《い》うと、小走《こばし》りで走《はし》り去《さ》って行《い》った。

……行《い》ってしまった……。

絶望《ぜつぼう》が全身《ぜんしん》を覆《おお》いつくす。そんな凛花《りんか》を、またゴボウが蹴《け》りつけた。

「ざけんじゃねえよ、グループ抜《ぬ》けようなんて」

吐《は》き捨《す》てるように、ゴボウが言《い》う。

「やっといじられキャラから抜《ぬ》けられたんだ。あんたにいなくなられたら、困《こま》るんだよ。二度《にど》と他《ほか》のグループに近《ちか》づこうとするんじゃねえぞ」

とどめを刺《さ》すように、凛花《りんか》の頭《あたま》を蹴《け》りつけた。

ずっと、ずっと蹴《け》られている。でも、誰《だれ》も止《と》めてくれない。みんな二人《ふたり》を避《さ》けるようにして、校門《こうもん》へと向《む》かっていく。

きっと、目《め》の片隅《かたすみ》で見《み》ながら。でも何《なに》も言《い》わない。

あれは、同《おな》じグループの中《なか》でのことだから。

自分《じぶん》には、関係《かんけい》ないから。

学校《がっこう》から、チャイムの音《おと》が聞《き》こえてきた。

「あ、ヤバ」

ゴボウは舌打《したう》ちすると、凛花《りんか》の腕《うで》を引《ひ》っ張《ぱ》り、立《た》ち上《あ》がらせた。

「ほら、急《いそ》がないと後藤《ごとう》が来《く》るのに間《ま》に合《あ》わないじゃん」

そう言《い》って、凛花《りんか》の手《て》を取《と》り引《ひ》きずるようにして、昇降口《しょうこうぐち》へと走《はし》る。絶対《ぜったい》、その手《て》を離《はな》さない、というふうに。

いじられキャラの凛花《りんか》を逃《のが》して、自分《じぶん》がいじられキャラに戻《もど》ることなど、二度《にど》とないようにするために。

ゴボウは、凛花《りんか》の手《て》を離《はな》さない。絶対《ぜったい》に。

蹴《け》られて痛《いた》む体《からだ》で走《はし》る凛花《りんか》の頭《あたま》は、上手《うま》く働《はたら》かない。そんな状態《じょうたい》でも、心《こころ》に黒《くろ》い影《かげ》が滲《にじ》んで、大《おお》きく染《し》み広《ひろ》がっていく。

もう、絶望的《ぜつぼうてき》だ……。


「ただいまより、お昼《ひる》の放送《ほうそう》を始《はじ》めます」

四時間目《よじかんめ》が終《お》わり、昼食《ちゅうしょく》の時間《じかん》になった。各々《おのおの》のグループが昼食《ちゅうしょく》を食《た》べるためにガタガタと机《つくえ》を移動《いどう》させる中《なか》、亜依《あい》がグループのみんなに言《い》った。

「今日《きょう》はお天気《てんき》いいから、屋上《おくじょう》で食《た》べない？」

決《けっ》して天気《てんき》は良《よ》くなどない。空《そら》は雲《くも》が重《おも》く垂《た》れさがり、今《いま》にも雨《あめ》が降《ふ》り出《だ》しそうに暗《くら》い。

しかし玖美達《くみたち》は、机《つくえ》に置《お》きかけたランチバッグを手《て》に持《も》ち直《なお》した。

「そうね、屋上行《おくじょうい》こう」

そう言《い》って凛花《りんか》の腕《うで》を掴《つか》むと、引《ひ》きずるように廊下《ろうか》へと出《で》た。凛花《りんか》が行《い》きたがっていないのは、誰《だれ》が見《み》ても明《あき》らかなはずだ。なのに、クラスメートはみんな何《なに》も言《い》わない。あの本好《ほんず》きな二人《ふたり》は、完全《かんぜん》に凛花達《りんかたち》の方《ほう》に背中《せなか》を向《む》けて、昼食《ちゅうしょく》を広《ひろ》げている。もう絶対《ぜったい》、凛花《りんか》と関《かか》わりを持《も》たないようにするように。

みんな、同《おな》じことを思《おも》っている。

これは、亜依達仲良《あいたちなかよ》しグループの、楽《たの》しい時間《じかん》なのだから、邪魔《じゃま》してはいけない。

屋上《おくじょう》に出《で》る扉《とびら》を開《あ》けると、灰色《はいいろ》の空《そら》から、雨粒《あまつぶ》がポツリ、ポツリと落《お》ち始《はじ》めていた。空気《くうき》も冷《つめ》たい。そんな中《なか》、亜依《あい》はみんなに笑顔《えがお》を向《む》けた。

「さ、お昼《ひる》にしましょう！」

そう言《い》って、雨《あめ》のかからない屋上出口《おくじょうでぐち》のひさしの下《した》に座《すわ》ると、亜依《あい》はお弁当《べんとう》の包《つつ》みを開《ひら》き始《はじ》めた。狭《せま》いひさしの下《した》、肩《かた》を寄《よ》せ合《あ》うようにして、玖美達《くみたち》も座《すわ》ってお弁当《べんとう》を膝《ひざ》にのせた。もうそれだけで場所《ばしょ》がない。最初《さいしょ》から、凛花《りんか》をひさしの下《した》に入《い》れるつもりなど、ないのだろう。段々《だんだん》雨脚《あまあし》が強《つよ》くなってくる屋上《おくじょう》で、凛花《りんか》は濡《ぬ》れながら立《た》っていた。それを亜依《あい》が見上《みあ》げる。

「何《なに》やってんの？　早《はや》く食《た》べなよ」

亜依《あい》が凛花《りんか》を見上《みあ》げて言《い》う。

言《い》うことに逆《さか》らうと、どうなるか分《わ》からない。凛花《りんか》は立《た》ったまま、ランチバッグからノロノロとお弁当箱《べんとうばこ》を取《と》り出《だ》した。今日《きょう》のお弁当《べんとう》は、ジェノベーゼのパスタだと、母《はは》が言《い》っていた。凛花《りんか》が大好《だいす》きだから、と。母《はは》の愛情《あいじょう》がいっぱい詰《つ》まったお弁当《べんとう》。こんな格好《かっこう》で食《た》べるなんて知《し》ったら、悲《かな》しむだろうな……そう思《おも》いながら蓋《ふた》を開《あ》けた時《とき》、いきなりその手《て》が蹴《け》り上《あ》げられた。

お弁当箱《べんとうばこ》が宙《ちゅう》を舞《ま》い、パスタがバラバラと落《お》ちていく。

「わ、何《なに》このお弁当《べんとう》！　緑色《みどりいろ》してる！　キモイ、キモイー！」

凛花《りんか》のお弁当箱《べんとうばこ》を蹴《け》り上《あ》げたゴボウが、ばらまかれたジェノベーゼのパスタを見《み》て、笑《わら》いながら大《おお》きな声《こえ》で叫《さけ》んだ。

「何《なに》、こいつ！　こんなキモイのお弁当《べんとう》にしてんの!?　何《なに》これ、芋虫《いもむし》!?　あんた、芋虫《いもむし》なんて食《く》ってんの!?」

ゴボウの言葉《ことば》に、亜依達《あいたち》が大笑《おおわら》いする。

「芋虫《いもむし》ー？　やだ、食事中《しょくじちゅう》にやめてよー」

「でもこいつの食事《しょくじ》、芋虫《いもむし》だよー！　うわ、あり得《え》なーい！」

みんなが笑《わら》う。凜花《りんか》のお弁当《べんとう》を。凜花《りんか》の母《はは》が、凜花《りんか》のために作《つく》ってくれたお弁当《べんとう》、母《はは》の愛《あい》を、笑《わら》いものにしている。

凜花《りんか》の口《くち》から、思《おも》わず言葉《ことば》が零《こぼ》れ落《お》ちた。

「……やめて」

「えー？　何《なに》？　なんて言《い》ったんだよ？」

ゴボウが立《た》ち上《あ》がり、凜花《りんか》に詰《つ》め寄《よ》った。ゴボウの上履《うわば》きが、パスタを踏《ふ》みにじる。母《はは》の笑顔《えがお》が、踏《ふ》みにじられる。凜花《りんか》の目《め》から、思《おも》わず涙《なみだ》が溢《あふ》れた。

「やめて！」

半分叫《はんぶんさけ》ぶように言《い》った途端《とたん》、ゴボウが凜花《りんか》の髪《かみ》を鷲《わし》づかみにし、落《お》ちたパスタの上《うえ》に押《お》し倒《たお》した。

「そんなに大切《たいせつ》なお弁当《べんとう》なら、ちゃんと食《た》べたらー?」

笑《わら》いながら、ゴボウが言《い》った。それを受《う》け継《つ》いで、玖美達《くみたち》も口々《くちぐち》に、

「ママが作《つく》ってくれたお弁当《べんとう》だもんねー、残《のこ》しちゃダメだよー」

「虫《むし》のお弁当《べんとう》なんて作《つく》るから、『ロリポップ』クビになったんじゃないのー?」

「ほら、食《た》べなよ!」

落《お》ちて雨《あめ》に濡《ぬ》れたパスタを、ゴボウが凛花《りんか》の口《くち》に押《お》し込《こ》もうとする。凛花《りんか》は口《くち》を固《かた》く閉《と》じて、必死《ひっし》にそれに抵抗《ていこう》した。すると辺《あた》りを少《すこ》し見渡《みわた》したゴボウが、すっと凛花《りんか》から体《からだ》を離《はな》した。押《お》さえ込《こ》まれていた体《からだ》が自由《じゆう》になり、凛花《りんか》は咳《せ》き込《こ》みながら体《からだ》を起《お》こした。制服《せいふく》は雨《あめ》に濡《ぬ》れ、顔《かお》にも髪《かみ》にもジェノベーゼのソースがべったりとついている。母《はは》の手作《てづく》りのソースだ。ニンニクがきいた美味《おい》しいソースなのだが、今《いま》はそれが異臭《いしゅう》を放《はな》っていた。

「何《なに》やってんのよー」

「続《つづ》きはー?」

凛花《りんか》から離《はな》れたゴボウに、亜依達《あいたち》がつまらなそうに声《こえ》をかける。そんな亜依達《あいたち》に手《て》を振《ふ》りながら、ゴボウがニコニコと戻《もど》ってきた。

「あんた虫《むし》が好《す》きなら、こっちの方《ほう》がいいでしょ」

そう言《い》うと、ゴボウはまた凛《りん》花《か》の髪《かみ》を掴《つか》んで顔《かお》が動《うご》かないようにすると、もう片方《かたほう》の手《て》を凛《りん》花《か》の目《め》の前《まえ》に差《さ》し出《だ》した。

その手《て》には、本物《ほんもの》の虫《むし》の死《し》骸《がい》が掴《つか》まれていた。

「いやー！」

ゴボウが無《む》理《り》やり口《くち》に押《お》し込《こ》もうとするのを、凛《りん》花《か》が必《ひっ》死《し》に抵《てい》抗《こう》する。そんな二人《ふたり》を見《み》ながら、亜《あ》依《い》達《たち》はゲラゲラと大笑《おおわら》いしている。誰《だれ》も止《と》めたりしない。これは、最高《さいこう》に楽《たの》しい娯《ご》楽《らく》なのだ。

ゴボウの持《も》った虫《むし》が、凛《りん》花《か》の口元《くちもと》にねじ込《こ》まれた。その瞬間《しゅんかん》、思《おも》わず凛《りん》花《か》は嘔《おう》吐《と》した。

「げ、きったねー！」

ゴボウが飛《と》びのく。涙《なみだ》を流《なが》しながら何度《なんど》もえずく凛《りん》花《か》を、ゴボウはまた蹴《け》りつけた。

「何《なに》すんだよ!!　あたしの制《せい》服《ふく》に、あんたのゲロがかかっただろ！」

「……何《なに》してんのよ。やりすぎ、ゴボウ」

さっきまで上《じょう》機《き》嫌《げん》だった亜《あ》依《い》の眉《み》間《けん》に、不《ふ》機《き》嫌《げん》な縦《たて》じわが刻《きざ》まれる。

「食《た》べてる時《とき》なのに、食欲《しょくよく》なくなったじゃないの」

「あ、ご、ごめん！　亜依《あい》！」

お弁当箱《べんとうばこ》の蓋《ふた》を閉《と》じ、立《た》ち上《あ》がった亜依達《あいたち》に、慌《あわ》ててゴボウが駆《か》け寄《よ》る。

「ごめん！　気《き》を付《つ》けるから！　マジでごめん！」

亜依達《あいたち》は何《なに》も言《い》わず、階段《かいだん》を降《お》りていく。自分《じぶん》のお弁当《べんとう》を急《いそ》いでまとめ、ゴボウがその後《あと》を追《お》いかけていく。

一人残《ひとりのこ》った凛花《りんか》は、ゆっくりと立《た》ち上《あ》がった。

足元《あしもと》には、見《み》るも無残《むざん》な姿《すがた》になった母《はは》の作《つく》ったジェノベーゼパスタと、自分《じぶん》の吐《は》いたものが、雨《あめ》に打《う》たれている。油染《あぶらじ》みとバジルの緑《みどり》がこびりついた制服《せいふく》も、雨《あめ》に濡《ぬ》れそぼっている。唇《くちびる》に残《のこ》る虫《むし》の感触《かんしょく》を、何度《なんど》も何度《なんど》も拳《こぶし》で拭《ふ》き取《と》りながら、凛花《りんか》はお弁当箱《べんとうばこ》を拾《ひろ》いあげた。蓋《ふた》を閉《し》めようとするが、閉《し》まらない。落《お》ちた拍子《ひょうし》に、留《と》め具《ぐ》が壊《こわ》れていた。

壊《こわ》れていた。

コトン、と蓋《ふた》をそのまま下《した》に落《お》とし、凛花《りんか》は校舎《こうしゃ》の中《なか》に入《はい》っていった。

階段《かいだん》を降《お》りる。一段《いちだん》、一段《いちだん》、おぼつかない足取《あしど》りで降《お》りていく。その度《たび》に雨《あめ》に濡《ぬ》れた髪《かみ》から、制服《せいふく》から、水《みず》がしたたる。その姿《すがた》で、凛花《りんか》は教室《きょうしつ》に足《あし》を向《む》けた。

雨《あめ》の昼休《ひるやす》み。いつもなら校庭《こうてい》で体《からだ》を動《うご》かしたり、中庭《なかにわ》でお喋《しゃべ》りしたりする生徒達《せいとたち》が、みんな校舎内《こうしゃない》に残《のこ》っている。普段《ふだん》より人《ひと》が多《おお》い廊下《ろうか》を、汚《よご》れ果《は》て、異臭《いしゅう》を放《はな》つ凛花《りんか》が歩《ある》く。

ゆっくり、フラフラと。

そんな凛花《りんか》を、みんな避《さ》けるようにしている。見《み》ていない素振《そぶ》りをしながら、目《め》の片隅《かたすみ》で姿《すがた》を追《お》っている。そして、誰《だれ》も、声《こえ》をかけない。

体中《からだじゅう》が痛《いた》い。虫《むし》をねじ込《こ》まれた口《くち》は、まだイヤな感触《かんしょく》が残《のこ》っている。すごく、辛《つら》い。苦《くる》しい。涙《なみだ》も出《で》ないくらい、悲《かな》しい。悲《かな》しい。悲《かな》しい。

「うわ、くさいと思《おも》ったら」

嘲《あざけ》りの色《いろ》を帯《お》びた声《こえ》が、耳《みみ》に入《はい》った。亜依達《あいたち》は、教室《きょうしつ》から首《くび》を出《だ》し、こちらを見《み》ている。さもおかしそうに、笑《わら》いながら。

「教室入《きょうしつはい》ってくる気《き》？　きったない、マジやなんですけどー」

鼻《はな》をつまみながら、吐《は》き捨《す》てるように亜依《あい》が言《い》った。するとそばにいた玖美達《くみたち》も同《おな》じように鼻《はな》をつまみ、

「やっだ、マジ生《なま》ごみの臭《にお》い！」

「生《なま》ごみが来《き》た～！」

ゲラゲラと笑《わら》う。

なんで、笑《わら》ってるの。凛花《りんか》は、悲《かな》しすぎてなんにも考《かんが》えられなくなった頭《あたま》で、ぼんやりと思《おも》った。

あたし、こんなに悲《かな》しいのに。

苦《くる》しいのに。

生《なま》ごみなんてひどいこと言《い》って、なんで笑《わら》ってるの。

心身《しんしん》ともにボロボロになって、凛花《りんか》は動《うご》けなくなった。かげろうのように、揺《ゆ》らぎながら立《た》ち尽《つ》くす。そんな凛花《りんか》に、ゴボウが猛《もう》スピードで走《はし》り寄《よ》ってきた。

「浄化《じょうか》してやる、この生《なま》ごみめ！」

勢《いきお》いよく言《い》うと、ゴボウは雑巾《ぞうきん》で凛花《りんか》をグイグイと拭《ふ》き始《はじ》めた。使《つか》い古《ふる》されて黒《くろ》ずんだ雑巾《ぞうきん》には「トイレ」と書《か》かれている。下水《げすい》と尿《にょう》の混《ま》ざった臭《にお》いをまき散《ち》らしながら、ゴボウは凛花《りんか》の顔《かお》と言《い》わず、頭《あたま》と言《い》わず、グシャグシャに拭《ふ》いていく。きちんと絞《しぼ》っていない雑巾《ぞうきん》は、凜花《りんか》に押《お》し付《つ》けられるたびに、イヤな臭《にお》いがする汚水《おすい》を垂《た》れ流《なが》している。

「いや……いや、やめて……！」

凜花《りんか》が必死《ひっし》に抵抗《ていこう》しようとするが、ゴボウは力《ちから》を緩《ゆる》めない。

「だめだよ、やめたらあんたから病気《びょうき》がみんなに移《うつ》るじゃん！　あんた、生《なま》ごみなんだから！　きれいにしてやってるんだ、我慢《がまん》しろ！」

「やめて……やめてえ……！」

凜花《りんか》は叫《さけ》んだ。

こんなの、いやだ。臭《くさ》い。気持《きも》ち悪《わる》い。体中痛《からだじゅういた》いのに。また吐《は》きそう。苦《くる》しい。苦《くる》しい。

こんなの、地獄《じごく》だよ。

苦《くる》しむ凜花《りんか》を見《み》て、亜依達《あいたち》はまた笑《わら》い続《つづ》けている。

「ゴボウ、もっときれいにしてやんなよ！」

「まだ汚《きたな》い、もっと強《つよ》くやんなきゃ！」

楽《たの》しそうな亜依達《あいたち》の言葉《ことば》に嬉《うれ》しそうに応《こた》えるように、ゴボウはますます強《つよ》く、凜花《りんか》を雑巾《ぞうきん》でこすってくる。凜花《りんか》の髪《かみ》も制服《せいふく》も、雑巾《ぞうきん》の汚水《おすい》も含《ふく》み、いっそうぐしょぐしょに濡《ぬ》れそぼった。ブラウスまで灰色《はいいろ》に染《そ》め上《あ》げられている。

そこで、昼休《ひるやす》み終了《しゅうりょう》のチャイムが鳴《な》った。それは試合終了《しあいしゅうりょう》のゴングだった。ゴボウが凛《りん》花《か》を押《お》さえつけていた手《て》を離《はな》し、そのはずみで凛花《りんか》は床《ゆか》に崩《くず》れ落《お》ちた。

「あ〜あ、全然《ぜんぜん》きれいにならなかったじゃない」

嘲《あざけ》りを含《ふく》んだ声《こえ》で、亜依《あい》が言《い》った。

「病原菌《びょうげんきん》まき散《ち》らされたら、とんでもないわ。あんたの病原菌《びょうげんきん》、自分《じぶん》に移《うつ》して、死《し》んでいから」

「ほんとそれ！『ロリポップ』に関係《かんけい》なくなったら、あんたなんてマジ生《い》きてる価値《かち》ないから」

「臭《くさ》くて汚《きたな》いだけ。死《し》んで、今《いま》すぐ」

笑《わら》いながら、亜依達《あいたち》は教室《きょうしつ》の中《なか》に姿《すがた》を消《け》した。ゴボウも慌《あわ》ててその後《あと》を追《お》おうとしたが、思《おも》い直《なお》したように、床《ゆか》に座《すわ》り込《こ》んでいる凛花《りんか》の元《もと》に戻《もど》ってきた。そして手《て》にした雑巾《ぞうきん》を凛《りん》花《か》に投《な》げつけ、両手《りょうて》を顔《かお》の横《よこ》でヒラヒラとさせた。

「では、お葬式《そうしき》で会《あ》いましょう〜」

ゴボウも教室《きょうしつ》に駆《か》け込《こ》むと、周《まわ》りの空気《くうき》がざわりと動《うご》き出《だ》した。

それで、気《き》がついた。クラスの生徒達《せいとたち》が、凛花《りんか》がゴボウにいたぶられていた時《とき》、ずっと見《み》ていたこと。じっと息《いき》をひそめて、気配《けはい》を消《け》して……でも最初《さいしょ》から最後《さいご》まで、見《み》つめていたこと。

「やめて」と必死《ひっし》に凛花《りんか》が抵抗《ていこう》しているのに、止《と》めに入《はい》ることもなく。ボロボロになって床《ゆか》に座《すわ》り込《こ》んでいるのに、「大丈夫《だいじょうぶ》」と一言《ひとこと》、言葉《ことば》をかけることもなく。もう凛花《りんか》に目《め》もくれず、何《なに》も見《み》なかったかのように、教室《きょうしつ》へと戻《もど》っていく。

痛《いた》む体《からだ》を押《お》し上《あ》げるように、凛花《りんか》は立《た》ち上《あ》がった。脚《あし》に力《ちから》が入《はい》らず、体《からだ》がよろける。それでも凛花《りんか》は、歩《ある》き出《だ》した。壁《かべ》にもたれるようにして、足《あし》を引《ひ》きずって。教室《きょうしつ》とは、反対《はんたい》の方向《ほうこう》に。

教室《きょうしつ》は、地獄《じごく》だ。友達《ともだち》の仮面《かめん》をかぶった鬼《おに》に囲《かこ》まれ、生《い》きたまま体《からだ》が引《ひ》き裂《さ》かれる、苦《くる》しみだけが待《ま》つ地獄《じごく》だ。そんな地獄《じごく》に凛花《りんか》を堕《お》としたのは。

クラスのみんなだ。

クラスのみんなが、凛花《りんか》を見殺《みごろ》しにした。

八

雨《あめ》は本降《ほんぶ》りになっていた。

灰色《はいいろ》に緑《みどり》が混《ま》ざったような暗《くら》い雲《くも》から、大《おお》きな雨粒《あまつぶ》がザアザアと音《おと》を立《た》てて地面《じめん》に降《ふ》り注《そそ》ぐ。水《みず》しぶきが上《あ》がる道《みち》を、凛花《りんか》は一歩《いっぽ》一歩《いっぽ》足《あし》を引《ひ》きずりながら、歩《ある》いた。

雨《あめ》は冷《つめ》たく、制服《せいふく》は濡《ぬ》れて重《おも》い。体中《からだじゅう》痛《いた》み、寒《さむ》くてたまらない。そんな中《なか》、凛花《りんか》は無心《むしん》に足《あし》を動《うご》かした。ただ一《ひと》つの目的《もくてき》のために。

死《し》のう。

家《いえ》に着《つ》き、鍵《かぎ》を開《あ》けた。いつも通《どお》り、誰《だれ》もいない家《いえ》だ。父《ちち》も母《はは》も、会社《かいしゃ》に行《い》っている。

その暗《くら》く、ひんやりした空気《くうき》を感《かん》じた途端《とたん》、涙《なみだ》が溢《あふ》れてきた。

父《ちち》も母《はは》も忙《いそが》しい。だから小《ちい》さい頃《ころ》から、父《ちち》と母《はは》に心配《しんぱい》をかけてはいけないと思《おも》ってきた。父《ちち》と母《はは》の迷惑《めいわく》になってはいけないと、思《おも》ってきた。ずっと、我慢《がまん》してきた。

我慢《がまん》なんて、しなきゃよかった。

もっとママに、パパに甘《あま》えればよかった。

こんなに早《はや》く、お別《わか》れしなきゃならないなら。

泣《な》きながら、自分《じぶん》の部屋《へや》に向《む》かう。見慣《みな》れた廊下《ろうか》。見慣《みな》れたドア。見慣《みな》れた、自分《じぶん》の部《へ》屋《や》。学習机《がくしゅうづくえ》に座《すわ》る。今《いま》でも、机《つくえ》を買《か》った時《とき》のことを覚《おぼ》えている。沢山《たくさん》ある机《つくえ》から、凛花《りんか》が「これがいい」と言《い》った白《しろ》い机《つくえ》を買《か》ってくれた。「これで沢山勉強《たくさんべんきょう》するんだよ」と、パパ。「お友達《ともだち》にお手紙書《てがみか》いたりもしてね」と、ママ。笑《わら》いながら、買《か》ってくれた。

ごめんね、ママ。

ここであたし、パパとママへの、お別《わか》れのお手紙書《てがみか》くんだよ。

便箋《びんせん》を広《ひろ》げ、シャーペンを握《にぎ》る。手《て》が震《ふる》える。これから、遺書《いしょ》を書《か》くのだ。

凛花《りんか》はまず亜依《あい》の名前《なまえ》を書《か》いた。そして玖美《くみ》、奏楽《そら》、優奈《ゆうな》、杏奈《あんな》、ゴボウ。凛花《りんか》を痛《いた》めつけた人間達《にんげんたち》。彼女達《かのじょたち》が自分《じぶん》に何《なに》をしてきたか、克明《こくめい》に書《か》き連《つら》ねていく。胸《むね》が高《たか》まり、頭《あたま》が熱《あつ》くなっていく。書《か》きながら、怒《いか》りが込《こ》み上《あ》げてきた。力《ちから》がこもり、何度《なんど》もシャーペンの芯《しん》が折《お》れた。一文字一文字《ひともじひともじ》書《か》くごとに、憎《にく》しみが湧《わ》き上《あ》がってくる。亜依達《あいたち》にだけではない。

クラスの、みんなに。

みんな、見《み》てたのに。凛花《りんか》が痛《いた》めつけられて、苦《くる》しんでいるところを。辛《つら》くて、やめてって何度《なんど》も言《い》ってるところを。なのに、みんな何《なに》もしないで、黙《だま》ってた。目《め》の端《はし》で何《なに》もかも見《み》ているくせに、何《なに》も見《み》ていないふりをしていた。みんな、無関係《むかんけい》を決《き》め込《こ》んで、凛花《りんか》を見殺《みごろ》しにした。

あたし一人《ひとり》、苦《くる》しい思《おも》いをしたまま死《し》ぬもんか。

みんな、道連《みちづ》れにしてやる。

凛花《りんか》は、クラスの生徒《せいと》一人一人《ひとりひとり》の名前《なまえ》も書《か》いていった。

あたしが死《し》んで、悪《わる》いのは亜依達《あいたち》だけ、自分達《じぶんたち》は何《なに》もしてないなんて、そんなことですませてたまるか。

あんた達《たち》も、同罪《どうざい》だ。

凛花《りんか》は、母《はは》の苦《くる》しみを思《おも》い出《だ》していた。母《はは》は、中学時代《ちゅうがくじだい》のいじめを見《み》て見《み》ぬふりをしていたことを、何十年《なんじゅうねん》も経《た》った今《いま》でも、ついこの間《あいだ》の出来事《できごと》のように克明《こくめい》に覚《おぼ》えていて、罪《つみ》の意識《いしき》に苛《さいな》まれている。一生償《いっしょうつぐな》っても償《つぐな》いきれない罪《つみ》を背負《せお》って、今《いま》も苦《くる》しみ続《つづ》けている。

あんた達《たち》にも、同《おな》じ思《おも》いをさせてやる。

あたしが死《し》んで、あんた達全員《たちぜんいん》に、一生《いっしょう》かかっても償《つぐな》いきれない罪《つみ》を、負《お》わせてやる。

文字《もじ》を書《か》くごとに、涙《なみだ》がこぼれ落《お》ちて便箋《びんせん》を濡《ぬ》らしていく。悲《かな》しさと怒《いか》り、そして悔《くや》しさが溢《あふ》れ、苦《くる》しくて苦《くる》しくて仕方《しかた》がない。それでも歯《は》を食《く》いしばって、凛花《りんか》は書《か》き続《つづ》けた。

あたしが死《し》んだ後《あと》、今度地獄《こんどじごく》に堕《お》ちるのは、あんた達《たち》だ。


書《か》き終《お》わった遺書《いしょ》を封筒《ふうとう》に入《い》れ、机《つくえ》の上《うえ》に置《お》く。


「さよなら」

一言呟《ひとことつぶや》き、凛花《りんか》は部屋《へや》を後《あと》にした。

家《いえ》を出《で》ると、雨《あめ》は小雨《こさめ》になっていた。暗《くら》い灰色《はいいろ》だった空《そら》は光《ひかり》が透《す》き通《とお》り、ところどころ青空《あおぞら》のかけらが見《み》えている。

これが、最後《さいご》の空《そら》。

そう思《おも》った凛花《りんか》の心《こころ》は、不思議《ふしぎ》なくらい落《お》ち着《つ》いていた。

もう、学校《がっこう》に行《い》かなくていい。今度《こんど》はどんな目《め》に遭《あ》わされるかと、心《こころ》を痛《いた》めなくていい。

痛《いた》い思《おも》いも、苦《くる》しい思《おも》いも、辛《つら》くて悲《かな》しい思《おも》いも、もうしなくていい。

全部《ぜんぶ》、終《お》わりにできるんだ。

ゆっくり、ゆっくり足《あし》を進《すす》める。水《みず》たまりに足《あし》が入《はい》っても、構《かま》わなかった。冷《つめ》たいとか気持《きも》ちが悪《わる》いとか、もう何《なに》も感《かん》じない。異様《いよう》な雰囲気《ふんいき》を醸《かも》し出《だ》しているのか、すれ違《ちが》う人々《ひとびと》が凛花《りんか》を振《ふ》り返《かえ》るが、凛花《りんか》は気《き》にもならなかった。

ただ、息《いき》をする。歩《ある》く。今生《いまい》きているのは、死《し》に向《む》かうためだ。

友達同士《ともだちどうし》の遊《あそ》びとして笑《わら》って凛花《りんか》を踏《ふ》みにじった亜依達《あいたち》、そしてそれを見《み》て見《み》ぬふりをしてやり過《す》ごしたクラスメート達《たち》に、一生《いっしょう》かかっても償《つぐな》いきれない罪《つみ》を着《き》せるために。

死《し》んでやるのだ。

苦《くる》しめ。みんなも、生《い》きながら地獄《じごく》の苦《くる》しみを味《あじ》わえ。

凛花《りんか》は踏《ふ》み切《き》りにたどり着《つ》いた。赤《あか》いライトが点滅《てんめつ》し始《はじ》め、カン、カン、と、警報音《けいほうおん》が響《ひび》き渡《わた》る。サラリーマン風《ふう》の男性《だんせい》と主婦《しゅふ》らしい女性達《じょせいたち》、そして自転車《じてんしゃ》に乗《の》った若者達《わかものたち》が数人《すうにん》、その前《まえ》に立《た》ち止《ど》まった。ここは一度《いちど》閉《し》まると何台《なんだい》も電車《でんしゃ》が通《とお》る開《あ》かずの踏《ふ》み切《き》りで、渡《わた》れないと何分《なんぷん》も待《ま》たなければならないが、ひっきりなしに電車《でんしゃ》が通《とお》って危《あぶ》ないので、誰《だれ》も無理《むり》をして渡《わた》らない。待《ま》ってる人達《ひとたち》はスマホを覗《のぞ》き込《こ》んだりあくびをしたりしながら、これからの長《なが》い待《ま》ち時間《じかん》を、各々《おのおの》で潰《つぶ》そうとしていた。

その横《よこ》を、凛花《りんか》は通《とお》り過《す》ぎ、踏《ふ》み切《き》りのバーをくぐった。

「あぶない！」

「ちょっと、やめなさい！」

カン、カンという音《おと》の間《あいだ》に、人々《ひとびと》の悲鳴《ひめい》にも似《に》た声《こえ》が、凛花《りんか》の耳《みみ》に入《はい》った。何言《なにい》ってんの。あたしが死《し》んだって、あんた達《たち》はなんともないくせに。何《なに》があったって、誰《だれ》も、本気《ほんき》であたしを助《たす》けたいなんて、思《おも》っていないくせに。声《こえ》を無視《むし》して、複々線《ふくふくせん》の線路《せんろ》の真《ま》ん中《なか》まで歩《ある》く。向《む》こうから、電車《でんしゃ》の姿《すがた》が見《み》えた。電車《でんしゃ》の警笛《けいてき》と共《とも》に、悲鳴《ひめい》が聞《き》こえる。

これで、終《お》わる。

凛花《りんか》は大《おお》きく息《いき》を吸《す》って、目《め》をつぶった。

ママ。パパ。

ごめんね。

ごめんね……………

その時《とき》、横《よこ》からドンッと、何《なに》かがぶつかってきた。ぶつかってきたものと、そのまま線路《せんろ》の向《む》こう側《がわ》に転《ころ》がる。その傍《かたわ》らを、電車《でんしゃ》が轟音《ごうおん》を立《た》てて通《とお》り過《す》ぎた。ゴウッと巻《ま》き上《あ》がる風《かぜ》に吹《ふ》かれながら、凛花《りんか》は肩《かた》を掴《つか》まれて向《む》こう側《がわ》の踏《ふ》み切《き》りに引《ひ》きずられていった。その後《うし》ろで、もう一台電車《いちだいでんしゃ》が通《とお》り過《す》ぎる。踏《ふ》み切《き》りをくぐったところで掴《つか》まれていた肩《かた》を離《はな》され、凛花《りんか》は地面《じめん》にへたり込《こ》んだ。その体《からだ》を、強《つよ》く抱《だ》きしめられた。ガクガクと震《ふる》える腕《うで》で、骨《ほね》が折《お》れそうになるくらい、強《つよ》く。そして、激《はげ》しい泣《な》き声《ごえ》が耳《みみ》をつんざいた。

母《はは》だった。

何《なに》も感《かん》じなかった心《こころ》に、氷《こおり》が解《と》けていくように感覚《かんかく》が戻《もど》ってきた。座《すわ》り込《こ》んでいる地面《じめん》の冷《つめ》たさ。転《ころ》がったことで出来《でき》た傷《きず》の痛《いた》み。強《つよ》く抱《だ》きしめる母《はは》の腕《うで》の温《あたた》かさ。母《はは》が号泣《ごうきゅう》しながら口《くち》にした言葉《ことば》。

「凛花《りんか》が死《し》んだら、ママも生《い》きていけない……」

ママも、生《い》きていけない。

凛花《りんか》は体中《からだじゅう》が熱《あつ》くなるのを感《かん》じた。何《なに》かが込《こ》み上《あ》げてくる。体《からだ》の奥底《おくそこ》から、大《おお》きなかた

まりが、グイグイと上《あ》がってくる。それは、涙《なみだ》になって溢《あふ》れ出《で》てきた。

「……ママ……」

自分《じぶん》の命《いのち》は、自分《じぶん》だけのものだと思《おも》っていた。だから復讐《ふくしゅう》のために捨《す》ててしまおうと思《おも》っていた。

知《し》らなかったのだ。

あたしは、こんなに思《おも》われていること。こんなに母《はは》に、大切《たいせつ》にされていること。

みんなに罪《つみ》を償《つぐな》わせるということは、母《はは》の未来《みらい》をも奪《うば》ってしまうということに。

そうだ。

あたしは、死《し》んではいけないんだ。

母《はは》は、すでに遺書《いしょ》を読《よ》んでいた。

凜花《りんか》が学校《がっこう》からいなくなり、母《はは》に連絡《れんらく》が行《い》ったのだ。凜花《りんか》の携帯《けいたい》に電話《でんわ》をしてもつながらず、心配《しんぱい》した母《はは》が仕事《しごと》を抜《ぬ》け家《いえ》に戻《もど》り、凜花《りんか》の机《つくえ》の上《うえ》で遺書《いしょ》を見《み》つけた。そこから、凜《りん》花《か》を捜《さが》しあてたのだ。

そして家《いえ》に戻《もど》り、凛花《りんか》はシャワーを浴《あ》び、服《ふく》を着替《きが》えた。異臭《いしゅう》を放《はな》っていた髪《かみ》もきれいにシャンプーし、着心地《きごこち》の良《よ》い部屋着《へやぎ》に着替《きが》えると、少《すこ》し心《こころ》が落《お》ち着《つ》いた。

しかし母《はは》は、凛花《りんか》を見《み》つけた時《とき》から、ずっと青《あお》ざめたままだ。

「……ごめんね」

テーブルに着《つ》き、凛花《りんか》の前《まえ》にミルクティーを置《お》きながら、母《はは》は低《ひく》く言《い》った。

「……ううん、あたしの方《ほう》こそ……あの……」

「……罰《ばつ》が……下《くだ》ったんだわ………」

凛花《りんか》の言葉《ことば》が耳《みみ》に入《はい》らない様子《ようす》で、母《はは》は続《つづ》けた。

「……あたしが……助《たす》けなかったから………」

「ママ……？」

「あたしが、里奈子《りなこ》を助《たす》けなかったから……。だからよ……。凛花《りんか》がいじめにあうようになったのも、こんなふうに、自殺《じさつ》にまで追《お》い詰《つ》められたのも……。一番《いちばん》あたしが苦《くる》しむように、罰《ばつ》が下《くだ》った……」

母《はは》の目《め》は、何《なに》も見《み》ていない。凛花《りんか》も、目《め》の前《まえ》の紅茶《こうちゃ》も、今目《いまめ》の前《まえ》にあるものは何一《なにひと》つ、その目《め》に映《うつ》っていない。そんな空《から》っぽの目《め》から、涙《なみだ》が溢《あふ》れてくる。それは、いじめを見《み》て見《み》ぬふりをしてきた中学時代《ちゅうがくじだい》の、母《はは》ではなくノンの目《め》だ。

「ごめんなさい……あたしが、里奈子《りなこ》を助《たす》けてたら、こんなことにならなかったのよ。あたしが一言大丈夫《ひとことだいじょうぶ》って、その一言《ひとこと》を言《い》っていれば、こんなことには……」

肩《かた》を大《おお》きく震《ふる》わせながら、母《はは》がむせび泣《な》く。母《はは》のそんな姿《すがた》に、凛花《りんか》は胸《むね》が押《お》しつぶされそうになった。母《はは》の横《よこ》に回《まわ》り、震《ふる》える母《はは》の肩《かた》を抱《だ》いて揺《ゆ》さぶった。

「ママ……違《ちが》うよ。ママのせいじゃない。ママのせいなんかじゃ、ないよ」

「ママのせいよ。ごめんね、凛花《りんか》……ごめん……。本当《ほんとう》に、本当《ほんとう》にごめんなさい……」

違《ちが》う。違《ちが》う。凛花《りんか》は何度《なんど》も言《い》ったが、母《はは》の耳《みみ》には入《はい》らない。

絶望《ぜつぼう》。それだけなのだ。

いじめは過去《かこ》にも、現在《げんざい》にも、絶望《ぜつぼう》しかもたらさない。何《なに》よりも、誰《だれ》よりも、凛花《りんか》にはそれが分《わ》かっている。

そこまで考《かんが》えて、凛花《りんか》はハッと息《いき》を飲《の》んだ。今《いま》まで考《かんが》えてみたこともないことが、目《め》の前《まえ》に見《み》えたのだ。

それなら……未来《みらい》は？

里奈子《りなこ》は、いじめで死《し》の向《む》こう側《がわ》に行《い》ってしまった。

でも、凛花《りんか》はこうして生《い》きている。

母《はは》に、助《たす》けられて。

過去《かこ》は、変《か》えられない。母《はは》を苦《くる》しめるように、一生《いっしょう》かかっても犯《おか》した罪《つみ》は償《つぐな》うことは出《で》来《き》ない。しかし、未来《みらい》。

未来《みらい》は、まだ何《なに》も起《お》きていない。誰《だれ》もいない。そこには何《なに》もなく、ただ今《いま》から足《あし》を一歩《いっぽ》踏《ふ》み入《い》れられるのを待《ま》っているだけだ。

その一歩《いっぽ》を、変《か》えれば。

「……ママ。違《ちが》うよ」

凛花《りんか》は、母《はは》に言《い》った。母《はは》はその声《こえ》に、泣《な》きぬれた顔《かお》を上《あ》げ凛花《りんか》へと向《む》いた。その声《こえ》は、先《さき》ほどまでとは違《ちが》う。悲《かな》しげな弱々《よわよわ》しさはなくなり、凛《りん》とした響《ひび》きがあった。

「これは、罰《ばつ》なんかじゃない。あたしが、証明《しょうめい》してみせる」

母《はは》を見《み》つめる凛花《りんか》の目《め》には、強《つよ》い光《ひかり》が宿《やど》っていた。

里奈子《りなこ》の苦《くる》しみは、誰《だれ》よりもわかる。いじめた人間《にんげん》、そして彼《かれ》ら以上《いじょう》に、それを見過《みす》ごして何事《なにごと》もないように過《す》ごしてきた周《まわ》りの人間《にんげん》への、恨《うら》み。憎《にく》しみ。きっとママのことも憎《にく》んで憎《にく》んで死《し》んでいったはずだ。

里奈子《りなこ》。

あたしが断《た》ち切《き》ることで、許《ゆる》してくれないか。

いじめをあたしが断《た》ち切《き》ることで、ママのことを許《ゆる》してくれないか。

たとえ凛花《りんか》が死《し》んでいなくなったとしても、亜依達《あいたち》はまたゴボウを、もしかして違《ちが》うターゲットを見《み》つけて、いじめを繰《く》り返《かえ》す。遊《あそ》びと言《い》いながら、苦《くる》しみ悲《かな》しむ様《さま》を飽《あ》きずに味《あじ》わい尽《つ》くす。凛花《りんか》がいなくなったところで、いじめが終《お》わるわけではないのだ。グルグルと、メビウスの輪《わ》のように、逃《に》げ場《ば》なく繰《く》り返《かえ》されるのだ。

あたしが、断《た》ち切《き》る。

里奈子《りなこ》。あなたの代《か》わりに、あたしが断《た》ち切《き》る。あなたが本当《ほんとう》は迎《むか》えたかった未来《みらい》を、あたしが作《つく》ってみせる。

だから、ママを許《ゆる》して。

翌日《よくじつ》はきれいに晴《は》れ渡《わた》った。

汚《よご》れていた制服《せいふく》は、母《はは》がきれいに洗《あら》ってくれた。油染《あぶらじ》みも、バジルの染《し》みも、母《はは》が手洗《てあら》いで清《きよ》めるようにして、生《う》まれ変《か》わって凛花《りんか》の身《み》にまとわれた。

「凛花《りんか》。ママもやっぱり行《い》くわ」

蒼《あお》ざめ生気《せいき》のない顔《かお》で、母《はは》が言《い》った。娘《むすめ》が学校《がっこう》という地獄《じごく》に向《む》かおうとしているのだ。一人《ひとり》で行《い》かせたくないのは、当《あ》たり前《まえ》だ。しかし凛花《りんか》は、靴《くつ》を履《は》きながら首《くび》を横《よこ》に振《ふ》った。

「大丈夫《だいじょうぶ》。ちゃんと、帰《かえ》ってくるから」

そう言《い》うと、大《おお》きく深呼吸《しんこきゅう》をして、ドアを開《あ》けた。

「いってきます」

一歩《いっぽ》、足《あし》を踏《ふ》み出《だ》す。足《あし》を踏《ふ》み出《だ》した場所《ばしょ》、それはいつでも、未来《みらい》だ。あたしは、いじめられた過去《かこ》に向《む》かっているんじゃない。変《か》えられる未来《みらい》に、向《む》かっている。

本当《ほんとう》は怖《こわ》い。くじけそうになる心《こころ》に言《い》い聞《き》かせ、凛花《りんか》は歩《ある》き出《だ》した。

向《む》かうのは、未来《みらい》だ。

学校《がっこう》に着《つ》き、教室《きょうしつ》へと向《む》かった。

「あれー！」

耳慣《みみな》れた甲高《かんだか》い声《こえ》……ゴボウだ。浅黒《あさぐろ》い顔《かお》を教室《きょうしつ》から出《だ》し、さもおかしそうに薄《うす》い唇《くちびる》で大《おお》きな笑顔《えがお》を作《つく》った。

「亜依《あい》、亜依《あい》ー！　凜花来《りんかき》たよー！」

「え、マジ？」

教室《きょうしつ》に入《はい》ると、驚《おどろ》きながらも残酷《ざんこく》そうな笑《え》みを浮《う》かべた亜依達《あいたち》が寄《よ》ってきた。

「あんた、昨日《きのう》踏《ふ》み切《き》りに飛《と》び込《こ》んだって噂《うわさ》聞《き》いたけど。なんで、まだ生《い》きてんの？」

「足《あし》ある？　足《あし》！　ユーレイなんじゃないのー？」

いつものように、ゲラゲラと大笑《おおわら》いする。いつもとは違《ちが》い、今《いま》の凜花《りんか》は、妙《みょう》に頭《あたま》が冴《さ》え冴《ざ》えとしていた。心《こころ》は痛《いた》みも傷《きず》つきもしなかった。なんで、こんなひどいこと言《い》うのが、面白《おもしろ》いんだろう。ただ不思議《ふしぎ》だった。

「シカトしてんじゃないよ！」

スクールバッグから教科書《きょうかしょ》を出《だ》している凛花《りんか》の足《あし》を蹴《け》って、ゴボウが言《い》った。

「あんた、なんで生《い》きてんだよ？　昨日《きのう》、言《い》っただろ？　あんたなんて、死《し》んでいいって」

すると亜依《あい》が憐《あわ》れむような目《め》で凛花《りんか》を見《み》た。

「ねえ？　死《し》んでよかったのに」

「今《いま》からでも遅《おそ》くないよ。また踏《ふ》み切《き》り行《い》ったら？」

「今度《こんど》こそ、死《し》んでー。お葬式《そうしき》では、いっぱい泣《な》いてあげるからー」

また甲高《かんだか》い声《こえ》を上《あ》げ、亜依達《あいたち》が笑《わら》う。

凛花《りんか》は周《まわ》りを見回《みまわ》す。他《ほか》のクラスメート達《たち》は、それぞれに友達《ともだち》とくっついて、何《なに》かお喋《しゃべ》りしている。こんなひどい言葉《ことば》、みんな聞《き》こえてるはずなのに。聞《き》こえないふり、見《み》えないふり、みんな。みんな。

「早《はや》く、死《し》ねよ！」

ゴボウが凛花《りんか》の頭《あたま》を殴《なぐ》った。いつもなら痛《いた》くて、言《い》われたこと、殴《なぐ》られたことに傷《きず》ついて俯《うつむ》いてしまうが、もう今《いま》は違《ちが》う。凛花《りんか》はまっすぐゴボウを見返《みかえ》して言《い》った。

「死《し》んでいい人間《にんげん》なんて、いない」

まさか、言《い》い返《かえ》すとは思《おも》っていなかったのだろう。ゴボウは目《め》を丸《まる》くし、その後《うし》ろで亜《あ》依《い》があからさまに不愉快《ふゆかい》な表情《ひょうじょう》になった。

「何《なに》よ、あんた。その言《い》い方《かた》」

面白《おもしろ》くないのだろう。想像《そうぞう》していた反応《はんのう》と違《ちが》ったことで、機嫌《きげん》を害《がい》したのだ。亜《あ》依《い》はゴボウを押《お》しのけると、凛花《りんか》の髪《かみ》を掴《つか》んで頭《あたま》を机《つくえ》に叩《たた》きつけた。

「あんた、なんでこのグループにいられると思《おも》ってんの？　いじられてなんぼのクセして、エラそうなこと言《い》ってるんじゃないわよ！」

「つたく、腹立《はらた》つ！」

そう言《い》うと、ゴボウがまた凛花《りんか》を蹴《け》りつけた。それにつられるように、玖美《くみ》達《たち》も凛花《りんか》を殴《なぐ》り出《だ》した。

抵抗《ていこう》をしない凛花《りんか》の様子《ようす》に、亜《あ》依《い》達《たち》はますます喜《よろこ》びテンションを高《たか》くした。楽《たの》しそうに、嬉《うれ》しそうに、凛花《りんか》に暴行《ぼうこう》を加《くわ》え続《つづ》ける。

誰《だれ》か。

周《まわ》りを見《み》る。みんな、凛花《りんか》が殴《なぐ》られ蹴《け》られているところから、目《め》をそらしている。でも、見《み》てるのだ。目《め》の端《はし》で、焼《や》き付《つ》きそうなこの光景《こうけい》を、必死《ひっし》に自分《じぶん》には関係《かんけい》ないと心《こころ》に刻《きざ》みつけながら、見《み》ているのだ。

見《み》てないで。

助《たす》けて。

「……助《たす》けて……！」

殴《なぐ》られ、蹴《け》られながら、凛花《りんか》は声《こえ》を上《あ》げた。

「誰《だれ》か、助《たす》けて！　痛《いた》い、痛《いた》いよ！　誰《だれ》か、助《たす》けて！」

「はあ？　何言《なにい》ってんだよ、あんた！」

亜依《あい》が笑《わら》った。

「あんたなんて、誰《だれ》も助《たす》けないよ！」

そう言《い》って、ますます強《つよ》く蹴《け》りつけた。激《はげ》しくなる暴力《ぼうりょく》の中《なか》、凛花《りんか》は叫《さけ》び続《つづ》ける。

「助《たす》けて……。こんなの、イヤなの！　痛《いた》い、苦《くる》しいの！　お願《ねが》い、誰《だれ》か助《たす》けて！　助《たす》けて！」

自分《じぶん》が、いじめを見《み》ているだけだった時《とき》。いじめなのか、遊《あそ》びなのか、分《わ》からなかった。ううん、分《わ》かろうとしなかった。いじめに見《み》えるけど、楽《たの》しんでるのかもしれない。そんなふうに思《おも》い込《こ》んで、目《め》を閉《と》じ、耳《みみ》をふさいだ。

じゃあ、もしも「辛《つら》い」って声《こえ》をあげたら？　遊《あそ》びじゃない、これはいじめなんだって。自分《じぶん》でも認《みと》めたくなかった、いじめられているなんて。グループ内《ない》のじゃれあいなんだって思《おも》っていたかった。

だけど……。毎日《まいにち》つらかった。怖《こわ》かった。悲《かな》しかった。もう、やめて欲《ほ》しかった。限界《げんかい》だった。

自分《じぶん》の本当《ほんとう》の気持《きも》ちから目《め》をそらした弱《よわ》さが、亜依達《あいたち》を助長《じょちょう》させたのかもしれない。だとしたら、私《わたし》は今《いま》、声《こえ》を上《あ》げよう。

「辛《つら》いんだ。誰《だれ》か助《たす》けて」って。そう、いじめのメビウスの輪《わ》を断《た》ち切《き》るために。

苦《くる》しい。辛《つら》いの。悲《かな》しいの。イヤなの。誰《だれ》か、助《たす》けて欲《ほ》しい。

「痛《いた》い!!　やめて!!　誰《だれ》か……誰《だれ》か助《たす》けて!!」

初《はじ》めて見《み》せた凛花《りんか》の強《つよ》い抵抗《ていこう》だった。その姿《すがた》にクラス中《じゅう》がかたまった……。

動《うご》ける者《もの》はいなかった。凛花《りんか》が叫《さけ》んでも、助《たす》けを呼《よ》んでも、誰《だれ》も凛花《りんか》に手《て》を差《さ》し伸《の》べてくれない。

「助《たす》けること、ないよー！　これ、遊《あそ》びだから！　知《し》ってるよね、みんな！　これは、遊《あそ》び！」

甲高《かんだか》く笑《わら》いながら、亜依《あい》は周《まわ》りを睨《にら》みつけた。その目《め》は言《い》っていた。

分《わ》かってるよね。ここで凛花《りんか》に助《たす》けを出《だ》したりしたら、次《つぎ》のターゲットは、あんただからね。

連鎖《れんさ》。いじめの。メビウスの輪《わ》のように、グルグルと果《は》てのない…………。

教室《きょうしつ》の中《なか》は、凛花《りんか》に暴力《ぼうりょく》を振《ふ》るう亜依達《あいたち》の笑《わら》い声《ごえ》が響《ひび》くだけで、静《しず》まり返《かえ》っていた。誰《だれ》も、動《うご》かない。誰《だれ》も、何《なに》も言《い》わない。誰《だれ》も。

殴《なぐ》られすぎてぼうっとなる頭《あたま》が、段々《だんだん》と絶望《ぜつぼう》で満《み》ちていく。

ああ……だめ、なのかな。

いじめを断《た》ち切《き》るなんて。

やっぱり未来《みらい》も過去《かこ》から続《つづ》いていて、なんにも変《か》えることなんて、できないのかな。

やっぱり……死《し》ぬことでしか、なんにも解決《かいけつ》なんて、できないのかな………。

凛《りん》花《か》の体《からだ》がグラリと揺《ゆ》らぐ。とどめを刺《さ》すように、その体《からだ》を、亜《あ》依《い》が蹴《け》り倒《たお》した。

「死《し》ねよ、バーカ！」

ガタガタと机《つくえ》を倒《たお》しながら、凛《りん》花《か》が床《ゆか》に倒《たお》れ込《こ》む……。その直前《ちょくぜん》に、二人《ふたり》の生徒《せいと》が凛《りん》花《か》に駆《か》け寄《よ》り、机《つくえ》にぶつかりそうになるのを支《ささ》えた。

その腕《うで》の感触《かんしょく》に、凛《りん》花《か》は目《め》を上《あ》げた。そこにあったのは、以前話《いぜんはなし》をした、本好《ほんず》きの二人《ふたり》だった。二人《ふたり》とも、震《ふる》えている。それでも、赤《あか》い眼鏡《めがね》の生徒《せいと》は、凛《りん》花《か》の顔《かお》をしっかりと見《み》つめて、言《い》った。

「だ……大丈夫《だいじょうぶ》？」

凛《りん》花《か》の目《め》の前《まえ》が、歪《ゆが》む。うなずくと同時《どうじ》に、涙《なみだ》が頬《ほお》にこぼれ落《お》ちた。

「……うん……」

「なんなの、あんた達《たち》!?」

顔《かお》を真《ま》っ赤《か》にして、亜《あ》依《い》が怒鳴《どな》りつける。目《め》が吊《つ》り上《あ》がり、悪魔《あくま》のような顔《かお》になっている。凛《りん》花《か》を助《たす》けた二人《ふたり》は体《からだ》をすくませたが、凛《りん》花《か》から離《はな》れない。

「ちょっと……！」

玖美達《くみたち》も怒鳴《どな》って文句《もんく》を言《い》おうとしたが、言葉《ことば》が続《つづ》かなかった。

ガタガタ、と音《おと》を立《た》て、教室《きょうしつ》の端《はし》に固《かた》まっていた生徒達《せいとたち》が、机《つくえ》の間《あいだ》を縫《ぬ》うようにして、駆《か》け寄《よ》ってくる。

凛花《りんか》のもとへ。

「大丈夫《だいじょうぶ》？」

「ごめんね。今《いま》まで、見《み》ないふりして」

「ごめんね」

後《あと》から後《あと》から、駆《か》け寄《よ》ってきて、凛花《りんか》を守《まも》るように取《と》り囲《かこ》んでいく。その中《なか》には、泣《な》いている女《おんな》の子《こ》もいた。

「ごめんね……ホントは、助《たす》けたかったの。でも怖《こわ》くて……誰《だれ》かが動《うご》いてくれないと助《たす》けられなくて、勇気《ゆうき》なくて、今《いま》まで……ホントに、ごめんね」

みんなに気圧《けお》されるように、亜依達《あいたち》は後《あと》ずさる。

クラス全員《ぜんいん》が、凛花《りんか》の元《もと》に集《あつ》まったのだ。こんなに多《おお》くては、いじめのターゲットにはできない。

亜依《あい》が、舌打《したう》ちする。

それを聞《き》いて、ゴボウがビクリと肩《かた》をすくませた。

ゴボウの目《め》に、また怯《おび》えの色《いろ》が走《はし》る。凛花《りんか》も、他《ほか》の生徒達《せいとたち》もいじめのターゲットにできないとなると、また自分《じぶん》がいじられ役《やく》に戻《もど》るのだ。

また、あの地獄《じごく》の日々《ひび》に戻《もど》る……ゴボウの顔《かお》が、見《み》る見《み》る蒼《あお》くなっていく。

「ちっ……行《い》こう。ゴボウ、行《い》くよ！」

「う……」

教室《きょうしつ》から出《で》ようとする亜依《あい》を、ゴボウの目《め》が追《お》う。しかし、体《からだ》が動《うご》かない。そんなゴボウを、亜依《あい》が苛立《いらだ》った声《こえ》で呼《よ》びつけた。

「何《なに》してんのよ、ゴボウ！」

「……由香里《ゆかり》」

凛花《りんか》の声《こえ》に、ゴボウがハッと振《ふ》り返《かえ》った。

由香里《ゆかり》。それは、ゴボウの本名《ほんみょう》だ。「あんたにはもったいない」と亜依《あい》に嘲《あざけ》り笑《わら》われ、捨《す》て去《さ》られた名前《なまえ》。

「由香里《ゆかり》」

凛花《りんか》は、もう一度呼《いちどよ》んだ。

行《い》くことない。お父《とう》さんとお母《かあ》さんがつけてくれた大事《だいじ》な名前《なまえ》を捨《す》てさせるような人間《にんげん》のところに、行《い》くことない。自分達《じぶんたち》の楽《たの》しみのために苦《くる》しませ、泣《な》かせるような人達《ひとたち》のところへ……いじめの真《ま》ん中《なか》なんかに、行《い》くことなんて、ない。

ゴボウは、凛花《りんか》の方《ほう》を見《み》た。凛花《りんか》は、そしてクラスのみんなは、まっすぐゴボウを見《み》つめている。なんの悪意《あくい》もない、澄《す》み切《き》った瞳《ひとみ》で。

「ゴボウ！　何《なに》してんの、早《はや》く！」

亜依《あい》が怒鳴《どな》りつけ、ゴボウの肩《かた》を掴《つか》もうとする。

その手《て》を、ゴボウはすり抜《ぬ》けた。

「ゴボ……」

「……あたし、ゴボウじゃない」

亜依《あい》に背中《せなか》を向《む》けたまま、ゴボウは言《い》った。

「あたしも……もう、いやだ」

そして、凛花達《りんかたち》の方《ほう》に走《はし》ってきた。

手《て》を広《ひろ》げて待《ま》つみんなの中《なか》に飛《と》び込《こ》むと、ゴボウは……由香里《ゆかり》は、大《おお》きな声《こえ》を上《あ》げて泣《な》き出《だ》した。

その背中《せなか》をさすりながら、凛花《りんか》も涙《なみだ》が止《と》まらなかった。

ママ。

里奈子《りなこ》。

いじめを、断《た》ち切《き》れたよ。

勇気《ゆうき》を出《だ》したみんなで、断《た》ち切《き》れたよ。

みんなの、勇気《ゆうき》で……。

エピローグ

「じゃあ、行《い》ってきまーす！」

靴《くつ》を履《は》きかけて、凜花《りんか》はふと上《うえ》を見上《みあ》げると、「いっけない！」と慌《あわ》てて靴《くつ》を脱《ぬ》いで、見送《みおく》りに出《で》てきた母《はは》の前《まえ》を急《いそ》いで通《とお》り過《す》ぎた。

「どうしたの？」

「うん。ミッカに借《か》りてた本《ほん》、今日《きょう》返《かえ》すんだった。忘《わす》れるところだったわー」

ミッカは、本好《ほんず》きの二人組《ふたりぐみ》の赤《あか》い眼鏡《めがね》だ。茶色《ちゃいろ》の眼鏡《めがね》は、チーちゃん。好《す》きな本《ほん》が驚《おどろ》くほど凜花《りんか》と似《に》ていて、今《いま》は三人《さんにん》で本《ほん》の貸《か》し借《か》りをしている。暗黙《あんもく》の了解《りょうかい》として、借《か》りた本《ほん》は三日《みっか》で返《かえ》すということになっている。いつまでも借《か》りっぱなしとか、貸《か》したかどうか分《わ》からないということがない。仲《なか》がいいのになれ合《あ》いになっていない関係《かんけい》が、心地《ここち》いい。

凜花《りんか》が持《も》ってきた本《ほん》を見《み》て、母《はは》が嬉《うれ》しそうに笑《え》みを浮《う》かべた。それは、今母《いまはは》が担当《たんとう》している作家《さっか》の岡崎笑美《おかざきえみ》のものだった。

「何《なに》、ミッカちゃんも岡崎先生《おかざきせんせい》のファンなの？」

「うん。やっぱり、『夏色《なついろ》の僕《ぼく》ら』、大好《だいす》きなんだって。昨日《きのう》もその話《はなし》で盛《も》り上《あ》がっちゃった。映画《えいが》になったら、どんな俳優《はいゆう》で見《み》たいかって」

ウキウキした顔《かお》で凛花《りんか》が答《こた》える。

「そうそう、この前《まえ》ね、ミッカ達《たち》に『岡崎先生《おかざきせんせい》のサインなら、お母《かあ》さんが手《て》に入《い》れられるかも』って言《い》ったの。そしたら、『だめだよ、職権乱用《しょっけんらんよう》になるじゃない』だって！」

「難《むずか》しい言葉《ことば》、知《し》ってるのねえ」

「本好《ほんず》きだから。行《い》ってきます!!」

凛花《りんか》は玄関《げんかん》から走《はし》り出《で》た。早《はや》く学校《がっこう》に行《い》って、みんなと話《はなし》がしたかった。

教室《きょうしつ》に入《はい》ると、ミッカとチーちゃんが目《め》をキラキラさせながら寄《よ》ってきた。

「おはよう！　凛《りん》ちゃん、これありがとう！　すっごく面白《おもしろ》かったー！」

「あたしも次《つぎ》借《か》りていい？」

「うん、もちろん！　これもありがとう！　面白《おもしろ》かったー、特《とく》に後半《こうはん》で……」

「あ、待《ま》って！　あたしまだ読《よ》んでないの、ネタバレ禁止《きんし》！」

「ごめんごめん、早《はや》く読《よ》んでー！」

どんどんと話《はなし》が弾《はず》んでいく。楽《たの》しくてたまらない。笑《わら》いが止《と》まらない。

そんな時《とき》、

「あ、由香里《ゆかり》！　来《き》た来《き》た！」

隅《すみ》の方《ほう》から、嬉《うれ》しそうな声《こえ》が聞《き》こえた。いつもひっそりと目立《めだ》たないグループの女子達《じょしたち》が、教室《きょうしつ》の入《い》り口《ぐち》の方《ほう》に手《て》を振《ふ》っている。それに返《かえ》しながら、由香里《ゆかり》が入《はい》ってきた。

かつてはゴボウと呼《よ》ばれ、バカにされ嘲《あざけ》りを受《う》けることで、いつもどこか卑屈《ひくつ》な笑《え》みを浮《う》かべていたが、今《いま》はそんな面影《おもかげ》は全《まった》くなかった。輝《かがや》くような明《あか》るい笑顔《えがお》でグループの輪《わ》に入《はい》る。

「ねえ、昨日《きのう》のドラマ、見《み》た？」

「うん！　もうあっくん、まじヤバかったー！」

グループが好《す》きなアイドルの話《はなし》で盛《も》り上《あ》がる。みんなキラキラと瞳《ひとみ》を輝《かがや》かせて。

それぞれがグループで、好《す》きな話題《わだい》を楽《たの》しんでいる。この上《うえ》ない、楽《たの》しくて幸《しあわ》せな時間《じかん》。

そんな空気《くうき》を、ガタン、という机《つくえ》を蹴《け》るような音《おと》が一瞬《いっしゅん》止《と》めた。

「あー、うるさい！」

亜依《あい》の不機嫌《ふきげん》な声《こえ》が響《ひび》く。

しかし、誰《だれ》もそれに動《どう》じない。一瞬凍《いっしゅんこお》った空気《くうき》も、すぐに温《ぬく》もりを取《と》り戻《もど》して動《うご》き出《だ》す。

それを見《み》た亜依《あい》は苦々《にがにが》しい顔《かお》をして、廊下《ろうか》に出《で》ていった。

かつては華々《はなばな》しい輝《かがや》きを放《はな》っていた第一《だいいち》グループの亜依達《あいたち》だったが、クラスメートの勇気《ゆうき》に助《たす》けられ凛花《りんか》と由香里《ゆかり》が抜《ぬ》けてから、すっかり輝《かがや》きは失《うしな》われ、くすんだ存在《そんざい》になっていた。それはグループ内《ない》でも同《おな》じらしく、以前《いぜん》であったら同《おな》じ歩調《ほちょう》でついていっていた玖美達《くみたち》が、亜依《あい》より遅《おく》れて、面倒《めんどう》くさそうに足《あし》を引《ひ》きずるように歩《ある》く姿《すがた》が見《み》えた。

今《いま》はかろうじて保《たも》たれている亜依達《あいたち》のグループも、近《ちか》い将来形《しょうらいかたち》を変《か》えそうだ。それぞれのメンバーがあるべき本来《ほんらい》の姿《すがた》に戻《もど》るために。

今《いま》、望《のぞ》んだ未来《みらい》に、凛花《りんか》はいる。

この未来《みらい》を作《つく》ったのは、凛花《りんか》の、そしてみんなの勇気《ゆうき》だった。

おわり

★小学館ジュニア文庫★ ワクワク、ドキドキがいっぱいのラインナップ

〈大好き！ 大人気まんが原作シリーズ〉

いじめ―いつわりの楽園―
いじめ―学校という名の戦場―
いじめ―引き裂かれた友情―
いじめ―過去へのエール―
いじめ―うつろな絆―
いじめ―友だちという鎖―
いじめ―行き止まりの季節―
いじめ―闇からの歌声―
エリートジャック!! めざせ、ミラクル大逆転!!
エリートジャック!! ミラクルガールは止まらない!!
エリートジャック!! 相川ユリアに学ぶ 毎日が絶対ハッピーになる100の名言
エリートジャック!! ミラクルチャンスをつかまえろ!!
エリートジャック!! 発令！ ミラクルプロジェクト!!

オオカミ少年♥こひつじ少女 わくわく♪どうぶつワンだーらんど！
オオカミ少年♥こひつじ少女 お散歩は冒険のはじまり

カノジョは嘘を愛しすぎてる
キミは宙のすべて―たったひとつの星―
キミは宙のすべて―ヒロインは眠れない―
キミは宙のすべて―君のためにできること―
キミは宙のすべて―宙いっぱいの愛をこめて―
小林が可愛すぎてツライっ!! 放課後が過激すぎてヤバイっ!!
小林が可愛すぎてツライっ!! 好きが加速しすぎてヤバいっ!!
12歳。～だけど、すきだから～
12歳。～てんこうせい～
12歳。～きみのとなり～
12歳。～そして、みらい～
12歳。～おとなでも、こどもでも～
12歳。～いまのきもち～
12歳。～まもりたい～

12歳。アニメノベライズ ～ちっちゃなムネのトキメキ～①～⑥

ショコラの魔法～ダックワーズショコラ 記憶の迷路～
ショコラの魔法～クラシックショコラ 失われた物語～
ショコラの魔法～イスパハン 薔薇の恋～
ショコラの魔法～ショコラスコーン 氷呪の学園～
ショコラの魔法～ジンジャーマカロン 真昼の夢～
シークレットガールズ
シークレットガールズ アイドル危機一髪
ちび☆デビ！～天界からの使者とチョコル島の謎×2！～
ちび☆デビ！～まおちゃんと夢と魔法とウサギの国～
ちび☆デビ！～スーパーまおちゃんとひみつの赤い実～
ちび☆デビ！～まおちゃんとちびザウルスと氷の王国～

ドラえもんの夢をかなえる読書ノート

ドーリィ♪カノン～ヒミツのライブ大作戦～
ドラマ　ドーリィ♪カノン　カノン誕生
ドラマ　ドーリィ♪カノン　未来は僕らの手の中
ないしょのつぼみ～さよならのプレゼント～
ないしょのつぼみ～あたしのカラダ・あいつのココロ～
ナゾトキ姫と嘆きのしずく
ナゾトキ姫と魔本の迷宮
ナゾトキ姫とアイドル怪人Xからの挑戦状
ハチミツにはつこい　ファースト・ラブ
ハチミツにはつこい　アイ・ラブ・ユー

ヒミツの王子様★　恋するアイドル！

ふなっしーの大冒険　きょうだい集結！　梨汁ブシャーッに気をつけろ!!

真代家こんぷれっくす！～Mother's day こんぷれっくすは、ケーキをめぐる～

真代家こんぷれっくす！～Memorial days きえない花火ときえないキズナ～

真代家こんぷれっくす！～Sentimental days ココロをつなぐメロディ～

真代家こんぷれっくす！～Holy days 賢者たちの贈り物～

真代家こんぷれっくす！～Mysterious days 光の指輪物語～

〈思わずうるうる…感動ストーリー〉

きみの声を聞かせて　猫たちのものがたり―まぐ・ミクロ・まる―
こむぎといつまでも―余命宣告を乗り越えた奇跡の猫ものがたり―
世界からボクが消えたなら　映画「世界から猫が消えたなら」キャベツの物語
世界から猫が消えたなら
世界の中心で、愛をさけぶ
天国の犬ものがたり～ずっと一緒～
天国の犬ものがたり～わすれないで～
天国の犬ものがたり～未来～
天国の犬ものがたり～夢のバトン～
天国の犬ものがたり～ありがとう～

動物たちのお医者さん
わさびちゃんとひまわりの季節

次はどれにする？　おもしろくて楽しい新刊が、続々登場!!

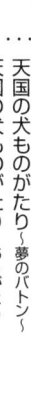

★小学館ジュニア文庫★ ワクワク、ドキドキがいっぱいのラインナップ

〈ジュニア文庫でしか読めないオリジナル〉

お悩み解決！ ズバッと同盟 長女VS妹、仁義なき戦い!?

華麗なる探偵アリス&ペンギン
華麗なる探偵アリス&ペンギン ワンダー・チェンジ!
華麗なる探偵アリス&ペンギン ミラー・ラビリンス
華麗なる探偵アリス&ペンギン サマー・トレジャー
華麗なる探偵アリス&ペンギン トラブル・ハロウィン
華麗なる探偵アリス&ペンギン ペンギン・パニック!
華麗なる探偵アリス&ペンギン ミステリアス・ナイト
華麗なる探偵アリス&ペンギン アリスVS.ホームズ

九丁目の呪い花屋
ギルティゲーム

銀色☆フェアリーテイル ①あたしだけが知らない街
銀色☆フェアリーテイル ②きみだけに贈る歌

12歳の約束
白魔女リンと3悪魔 フリージング・タイム
白魔女リンと3悪魔 レイニー・シネマ
白魔女リンと3悪魔 スター・フェスティバル

のぞみ、出発進行!!

バリキュン!!
ホルンペッター
さくら×ドロップ レシピ1：チーズハンバーグ
ちえり×ドロップ レシピ1：マカロニグラタン
みさと×ドロップ レシピ1：チェリーパイ

ミラチェンタイム☆ミラクルらみぃ
もしも私が【星月ヒカリ】だったら。
夢は牛のお医者さん
螺旋のプリンセス

〈大人気！「名探偵コナン」シリーズ〉

名探偵コナン　天国へのカウントダウン
名探偵コナン　迷宮の十字路
名探偵コナン　銀翼の奇術師
名探偵コナン　水平線上の陰謀

名探偵コナン　探偵たちの鎮魂歌
名探偵コナン　紺碧の棺
名探偵コナン　戦慄の楽譜
名探偵コナン　漆黒の追跡者
名探偵コナン　天空の難破船
名探偵コナン　沈黙の15分
名探偵コナン　11人目のストライカー
名探偵コナン　絶海の探偵

名探偵コナン　異次元の狙撃手
ルパン三世VS名探偵コナン　THE MOVIE
名探偵コナン　江戸川コナン失踪事件 史上最悪の二日間
名探偵コナン　業火の向日葵
名探偵コナン　コナンと海老蔵 歌舞伎十八番ミステリー
名探偵コナン　純黒の悪夢

小説　名探偵コナン　CASE1～4

次はどれにする？　おもしろくて楽しい新刊が、続々登場!!

★小学館ジュニア文庫★ ワクワク、ドキドキがいっぱいのラインナップ

〈話題の映画&アニメノベライズシリーズ〉

海街diary
映画プリパラ み〜んなのあこがれ♪ レッツゴー☆プリパリ
おまかせ！みらくるキャット団 〜マミタス、みらくるするのナ〜〜
怪盗グルーのミニオン危機一発
怪盗ジョーカー 開幕！怪盗ダーツの挑戦!!
怪盗ジョーカー 追憶のダイヤモンド・メモリー
怪盗ジョーカー 闇夜の対決！ジョーカーVSシャドウ
怪盗ジョーカー 銀のマントが燃える夜
怪盗ジョーカー ハチの記憶を取り戻せ！
境界のRINNE 謎のクラスメート
境界のRINNE 友だちからで良ければ
境界のRINNE ようこそ地獄へ！
銀の匙 Silver Spoon
くちびるに歌を
劇場版アイカツ！
劇場版イナズマイレブンGO 究極の絆 グリフォン
劇場版イナズマイレブンGOvsダンボール戦機W 上
劇場版イナズマイレブンGOvsダンボール戦機W 下
コドモ警察
貞子VS伽椰子

真田十勇士
シンドバッド 空とぶ姫と秘密の島
シンドバッド 真昼の夜とふしぎの門
呪怨—ザ・ファイナル—
呪怨—終わりの始まり—
女子ーズ
杉原千畝
団地ともお
トムとジェリー シャーロック ホームズ

幕末高校生
バットマンVSスーパーマン エピソード0 クロスファイヤー
ペット
ポケモン・ザ・ムービーXY 破壊の繭とディアンシー
ポケモン・ザ・ムービーXY 光輪の超魔神フーパ
ポケモン・ザ・ムービーXY&Z ボルケニオンと機巧のマギアナ
まじっく快斗1412 全6巻
ミニオンズ
ロック わんこの島
わさお

〈背筋がゾクゾクするホラー＆ミステリー〉

怪奇探偵カナちゃん
恐怖学校伝説
恐怖学校伝説　絶叫怪談
こちら魔王110番！
リアル鬼ごっこ

ニホンブンレツ（上）
ニホンブンレツ（下）

〈時代をこえた面白さ!!　世界名作シリーズ〉

小公女セーラ
小公子セドリック
トム・ソーヤの冒険
フランダースの犬

次はどれにする？　おもしろくて楽しい新刊が、続々登場!!

Shogakukan Junior Bunko

★小学館ジュニア文庫★

いじめ ―勇気の翼―

2017年 1 月30日　初版第 1 刷発行
2018年11月17日　　　第 2 刷発行

著者／武内昌美
原案・イラスト／五十嵐かおる

発行人／細川祐司
編集／稲垣奈穂子

発行所／株式会社　小学館
〒101-8001　東京都千代田区一ツ橋２－３－１
電話　編集　03-3230-5613
　　　販売　03-5281-3555

印刷・製本／加藤製版印刷株式会社

デザイン／積山友美子＋ベイブリッジ・スタジオ

Printed in Japan　　ISBN 978-4-09-231139-8